文春文庫

このあたりの人たち

川上弘美

文藝春秋

このあたりの人たち　目次

このあたりの人たち

ひみつ

白い布が欅《けやき》の木の下に落ちている。近寄っていってめくると、中からこどもがあらわれた。

「何すんの」

こどもは睨《にら》んだ。

目の細いこどもだった。眉は対照的に太い。男の子なのだか女の子なのだか、よくわからない。

「あ、ごめん」

謝ったけれど、こどもは睨みつづける。かくれんぼとか、してるの？　聞くと、こどもは首をぶんぶん横に振った。

「住んでるんだよ、ここに」

大きなふろしきほどの布である。こどもの足もとには草がぼうぼう生えている。

あとじさって、背を向けた。離れてゆく間も、こどもの視線を背中に感じた。こどもはうぶ毛が濃かった。

次の日も、布は欅の木の下にあった。めくるもんか、と思っていたら、めくる前にこどもがぴょんと飛びだした。

「行こうよ」

こどもははきはきと言い、先に立った。つきしたがうつもりはなかったけれど、部屋への帰り道と同じ道すじをこどもがゆくので、自然にしたがうかたちになってしまう。

そのままこどもは部屋の扉の前まで迷わず歩いた。はやく鍵、あけてよ。こどもは威張った調子で言った。逆らえなくて、こどもごと部屋に入った。

そのままこどもは住みついた。

こどもは小食だったので助かった。聞き上手なのも、予想外のことだった。仕事の失敗や、つれない恋人のことを、ふんふん頷きながら熱心に聞いてくれるのだった。

こどもはシャワーをあびたあと、興《きょう》がのる。裸でへんな踊りをおどりくるう。小さなちんちんが、こどもの動きにつれてはねる。こどもは男であるらしかった。

こどもはぷいと出てゆくことがあった。一週間くらい帰ってこない時は、欅の木の下にゆくと、白い布の下で眠っている。

「どうして出ていったの」

と聞くと、こどもは、よくわかんない、と答える。

こどもは人間なのだろうかと疑う。まあ、どちらでもいいのだが。

そのままこどもは三十年いつづけている。

三十年たってもこどものままだ。小食と聞き上手は変わらない。へんな踊りもずっとおどっているし、ふいと出てゆくところも変わらない。こんなに変わらないのだから、人間ではないのだと納得した。

人間の方は変わってしまう。

こどもにくらべて歳をとった。最初は可愛くもなんともなかったこどもを可愛く思うようになった。へんくつになった。マンションを買った。犬を一匹飼った。猫は三匹飼った。死ぬことが恐くなった。

犬も猫も死にたえて、こどもだけは残っている。そのうちこどもだけが残るのだ。

「どうしてここに来たの」

いつか聞いてみたら、こどもは少し考えてから、

「ひみつ」

と答えた。

にわとり地獄

「にわとりをいじめると落ちる地獄でね。大きなにわとりがやってきて、火をはきかけてきたり、つついてきたり、踏みつけてきたりする。それが永劫《えいごう》に続く」

おじさんが言うのを、聞いていた。おじさんはこのあたりでいちばん大きな農家の分家筋の人だった。農家といっても、開発が進んでほとんどの耕作地は売り払い、そこに団地や建売住宅がたくさんできていた。おじさんの庭では山羊とにわとりを飼っていたけれど、本家ではもう誰も農業はせずに、若い者はみんなサラリーマンになって新橋やら品川やらに通っているのだった。

にわとりは十羽ほどいた。とさかの立派なのもいたし、よれよれのもいた。

「強いのが、弱いのをつつく」

おじさんは教えてくれた。つつかれているにわとりを見たくて、いつもじろじろ眺めていたけれど、だめだった。にわとりはちりぢりになって、互いがそこにいるのかどうだか、関心なさそうにみえた。

おじさんは片目がなかった。戦争でなくしたんだと言っていた。義眼がはまっていて、そちらのめだまが動かない。ほら、と言いながら、出してみせてくれたことがあった。大きなビー玉よりもっと大きな球形の、白くにごった色のものだった。

おじさんは義眼をのせた右手をつきだしてきて、

「ほらほら」

と、すごんだ。怖がっているのを知っているのだった。

この前大きな美術館に行ったら、にわとり地獄の絵が飾ってあった。おじさんのでまかせなのかと思っていた。地獄草紙《ぞうし》。平安時代。国宝。胸にうろこのある巨大なにわとりが両翼を広げている。

おじさんは時々にわとりをいじめていた。餌を餌箱に入れると、にわとりが群がってくる。わざと邪険に払ったり蹴ったりしていた。機嫌が悪い時には、追いかけまわしておどかしていた。

にわとりはたくさん卵をうんだ。竹の籠におじさんは盛り上げた。もの欲しそうに見ても、一回もわけてくれなかった。卵をうまなくなったにわとりも、おじさんはずっと生かしていた。しめるのが嫌いなんだと言っていた。

死んだにわとりを、裏庭に埋めているのを見たことがある。食べればいいのにと言ったら、自然に死んだのは食べないと、おじさんは言った。

おじさんが今どうしているのか、知らない。中学生になると、おじさんを訪ねなくなって、それきりだ。おじさんの家があったところは、白い小さなビルになって、一階のテナントにはアンティークのお店とケーキ屋が入っている。ケーキ屋は、モンブランがおいしい。

おばあちゃん

名前は覚えていない。「おばあちゃん」と呼んでいたけれど、今になって考えてみれば、まだ四十代のなかばぐらいだった。小学校から帰ると、三日に一回はいつも「おばあちゃん」の家に遊びにいった。友だちと遊ぶよりも、ずっと、よかった。友だちは、野蛮だから。

おばあちゃんは、いつも一人だった。おるすばんしてるのよ、あたし。おばあちゃんはそう言って、招き入れてくれた。広い家だった。何回か、わたしより年下の男の子の姿を見たこともあったけれど、すぐに奥の方にひっこんでしまった。おばあちゃんの部屋には、こたつと千代紙と花札とお茶セット（ポットにきゅうす、茶碗に茶筒）があった。

二人で、いつも花札をした。本来は三人でするものなのだけれど、二人でするので、最後は手札がなくなって、ただ場札をめくるだけになった。三人でやっている時はめったにできない四光《しこう》や五光《ごこう》や赤短青短《あかたんあおたん》がすぐにできて、豪華な感じがした。

おばあちゃんは、ときどき「十円ちょうだい」と言った。持っていなかったので、次の時に持参したら、ほめられた。それからはいつも十円玉を一つ持って行くようになったけれど、また「ちょうだい」と言われた時、いばった気持ちでさしだしたら、「ふん」と言われた。

ものすごくおばあちゃんが不機嫌な時もあった。むっつりと黙りこんで、千代紙で福助とハカマを折っていた。千代紙柄の派手な福助に、違う派手な柄のハカマをはかせて、ぎらぎらした裃《かみしも》をいくつも作っては、部屋の隅にほうり投げた。

「地獄」という言葉を人の口からはじめて聞いたのは、おばあちゃんの部屋でだった。

「地獄はねえ、肝油《かんゆ》の匂いがするんだってね」

おばあちゃんは、突然言ったのだった。肝油は、学校のお昼休みに、申しこみをしてお金を払った人が、保健室でもらうことになっていた。「肝油、のみたい」と言ったのに、母は「もったいない」と一蹴した。げーっ、まずい、と言いながら保健室から帰ってくる赤井キヨシやかなえちゃんが、うらやましかった。

「肝油って、におい、するの」と聞くと、おばあちゃんは「くさいよ」と言った。

くさいのなら、肝油は飲まなくていいやと思った。おばあちゃんは少し前から、へんな髪型にしていた。ひさしのように前髪をはりださせて、ぼんのくぼのあたりに小さな髷《まげ》をつくっていた。「前髪、さわって、いい」と聞くと、にらまれた。おばあちゃんはじきに招き入れてくれなくなった。「あそぼうよ」と言っても、窓の隙間から顔をちょっとだけ出して、「だめ」と、つれなく断った。

おばあちゃんはしばらく入院した。死んでしまうのかと思っていたら、退院してきた。またときどき部屋に招き入れてくれるようになったけれど、三年生になっていたので、もうあんまり訪ねなくなった。「病院で、肝油、のんだ」と聞いたら、首を横にふった。そんなカンタンな病気じゃないのよと、えらそうに言った。おばあちゃんはその後二回入院して、二回退院した。それからは急にふつうのおばあちゃんになって、庭の手入れをしたり道の落ち葉をはいたり子供をかわいがったりするようになった。

事務室

事務室、と、おにいさんは呼んでいたけれど、そこは公園のあずまやだった。

おにいさんは学校にあまり行っていなかった。古い学生服を着ていた。ふつうの黒いものではなく、羊羹《ようかん》みたいな色のものだった。近くに寄ると、ナフタリンがにおった。

おにいさんはあまり喋らなかった。「ハンコおしますか」「ケッサイおねがいします」「きょうはよくふりますね」、その三種類くらいしか口にしなかった。どんなに晴れていても、「よくふりますね」だった。

事務室に、おにいさんはいつもざぶとんとノートを持ってきた。ちびた鉛筆で、おにいさんはノートに絵を描いていた。

おにいさんはざぶとんを敷かず、あずまやのベンチに正座していた。そばに寄ってゆくと、ざぶとんを勧めてくれた。裏返しにしながら、こちらに押しやるのだった。一人でおにいさんに話しかけるのはこわかったので、いつもかなえちゃんと一緒に行った。

かなえちゃんは少し意地悪だった。二の段の九九言ってみてよ。おにいさんに命令したりした。おにいさんは「ハンコおしますか」と小さな声で言ったきり、黙ってしまった。

おにいさんのところに一人で行ったことが二回だけある。一回目はひどい台風が来るという予報の出た日だった。心配になって覗《のぞ》いたのだ。おにいさんはいなかった。二回目はそのすぐ後で、給食の残りを持っていった。揚げパンをおにいさんの膝の上に置いたら、突き返された。「ケッサイおねがいします」と、おにいさんは言った。せっかくおにいさんのために残しておいたのにと、くやしくなって足をふみならしたら、おにいさんはびくっとした。目をつむって、耳をふさいでいた。

おにいさんが四歳年上なだけだと知ったのは、中学に入ってからだった。そのころはもう事務室におにいさんは来なくなっていた。おにいさんとはときどき道で会った。こんにちはと言うと、おにいさんは「ハンコおしますか」と聞く。いいですと答えると、「それではケッサイおねがいします」とつづけるのだった。その後は、はいと頷《うなず》いてもいいえと首をふっても、いつもおにいさんはすたすた行ってしまう。

おにいさんの絵の展覧会を児童会館でやっていたので、かなえちゃんと一緒に見にいった。画用紙の画面いっぱいに、動物や船や花がクレヨンで描かれていた。上手か上手でないかはわからなかったけれど、すごいと思った。

おにいさんはテレビに出るようになって、ほんの少し有名になった。もう学生服は着ておらず、かわりにジーンズのつなぎと縞のシャツを身につけるようになっていた。道で会うと、おにいさんはあいかわらず「ハンコおしますか」と聞いた。ある時、何も答えずにじっとしていたら、おにいさんは「アゲパンおいしいです」と言った。はじめて聞く、いつもの言葉以外のおにいさんの言葉だった。わたしの答えは聞かずに、おにいさんはすたすた行ってしまった。

おにいさんは三十三歳で亡くなった。死後に画集が一冊出て、それはずいぶん売れたそうだ。本屋で立ち読みしたけれど、いつか児童会館で見たほんもののおにいさんの絵にくらべると、画集に印刷された絵はなんだかいやにひらべったかった。

のうみそ

かなえちゃんにはお姉さんがいた。

髪をまっすぐにたらした、目玉の青みがかったお姉さんだった。外国人みたいな目の色をしているけれど、顔はひらべったくて日本人そのものだった。

「あれはお姉ちゃんじゃなくて、他人」

と、かなえちゃんは時々言った。かなえちゃんの、いつもの意地悪である。お姉さんはかなえちゃんよりも二つ年上なのに、いつもおどおどしていた。

かなえちゃんの家は二階建てだった。階下に居間と台所があり、二階には子供部屋と両親の寝室がある。寝室には、当時は珍しかったダブルベッドがすえてあった。こっそりとしのびこみ、ものすごい勢いでかなえちゃんと二人してベッドの上でぴょんぴょん跳《と》ぶのが楽しみだった。

ある日もそうやって盛んに跳んでいたら、扉の陰にお姉さんが立ってじっとこちらを見ていた。

「おかあさんにいいつけたら、仕返しするからね」

かなえちゃんは怖い声を出した。お姉さんは身をひるがえし、階段をかけおりて行った。すぐにお母さんが上がってきて、扉を全開にした。もちろんかなえちゃんもわたしも、すでにベッドからおりていた。なに食わぬ顔でベッドの横に座り、お人形遊びをするふりをしていた。お母さんの足音が聞こえたので、いそいでかなえちゃんの部屋から人形を持ってきたのだ。

寝室を追いだされて子供部屋に行くと、お姉さんがいた。仕返しよ、と言いながらかなえちゃんはお姉さんをくすぐった。わたしも一緒になってくすぐった。愉快な遊びなのかと思ってどんどんくすぐっていたら、お姉さんの様子が妙な感じになってきた。最初はけいれんするような笑い声をたてていたのだけれど、そのうちにしゃっくりのような、おえつのような、苦しそうな声になってきた。

最後にはお姉さんはぐったりと床に長くなってしまった。弱いのよね、お姉ちゃんこれに。かなえちゃんは軽く言い、うつぶせになっているお姉さんをひっくり返し、あおむけにさせた。よだれが少しだけ口のはたから垂れていた。ちゃんと目は開いていて、息もしていたので、安心した。青っぽい目玉が、うるんでいた。

しばらくたってから、またかなえちゃんの家に行った。かなえちゃんはどこかに遊びにいってしまっていて、お姉さんだけがいた。上がらない、と言われた。なんとなくさからえなかった。

子供部屋に行き、お姉さんは机のひきだしから小さな箱を取りだした。ぱこりという音をさせて、お姉さんはふたを開いた。白くてぐにゃぐにゃしたものが入っていた。何それ、と聞くと、のうみそ、とお姉さんは答えた。人形ののうみそ。ほら、あの棚の上にあるタミーの。

お姉さんが指さした先には、この前寝室で人形遊びのふりをした時にかなえちゃんが手にしていた金髪のタミー人形が寝かせられていた。うそつき。

わたしは言い返したけれど、お姉さんはうっすら笑っていた。

階段をかけおりて、外に出た。靴のかかとを踏んだまま走った。一度靴が脱げた。あわてててつっかけて、また走った。人形ののうみそは、まっしろではなくて、でも隅のほうはくろずんでいてなんだか汚かった。

演歌歌手

クロは凶悪だった。

クロとは、赤井キヨシの飼っている黒い犬のことである。赤井はクロのことを「ジョン」と呼んでいたけれど、ぜんぜん「ジョン」のようではない。ただの日本のありふれた黒い犬なので「クロ」としか呼んでやらないのだ。

クロはよく吠える。吠えるだけではなく、嚙みつく。甘嚙《あまが》みすることは少なくて、たいがい本気で嚙んでくる。嚙まれると血が出る。こんなに血が出て。どうしてくれるんですか。しょっちゅう誰かが赤井の家に怒鳴りこんできていた。でも赤井も赤井のおかあさんも平気な顔をしていた。

夕方になるまで赤井はいつもクロを放ちっぱなしだった。自分の縄張りを巡回するように、近所の一軒一軒をクロは見てまわる。生垣に鼻づらをつっこみ、ふんふんかぐ。人がいると勢いよく吠える。逃げると追いかけてくる。さらに逃げると追いついてきて嚙みつく。

クロはもちろん嫌われていた。大きな犬がやってきてクロに吠えかかると、みんなが大きい犬を応援した。そういう時クロは何回か吠え返してから、さっと向きを変え、走り去る。しっぽが尻にたくしこまれている。いいきみだと、みんなで言い合った。でも大きな犬はあまりこのあたりにはいないので、たいがいはクロの天下だ。

クロを毒殺しようと清水くんのお兄さんたちが計画した。肉の中に洗剤をしこんで食べさせるというのだ。昼間クロが放たれている時をねらって、お兄さんたちはクロに肉をやった。肉を全部たいらげたけれど、クロは元気だった。洗剤は効かなかった。

クロが泥棒をつかまえたことがある。かなえちゃんの隣の隣の家に空き巣に入ろうとしていたところを、クロがものすごい勢いで吠えたのである。泥棒はあわてて家を飛びだした。クロは嚙みついた。いつもならば嚙みついてからすぐに離れるのに、ずっと嚙みついたまま泥棒の足を離さなかった。泥棒は泣いていたそうだ。痛え、痛え、と言いながら泣いていたそうだ。

「だらしない泥棒だぜ」

と、清水くんのお兄さんたちは言っていた。でもそれ以来クロの毒殺計画は無しになってしまった。

クロは泥棒をつかまえてから三年後に死んだ。大通りでダンプにはねられたのである。赤井は怒ったような顔でクロの墓を庭に掘っていた。赤井のことは、クロと同じく、みんな嫌っていたのだけれど、その時は少し同情した。でもそのあと、赤井が庭のクロの墓のそばにへんな像みたいなものを据えたので、もうみんな同情しなくなった。

像は粘土でできていた。どうやらクロをかたどったものらしかった。赤井は図工が苦手なので、像はひしゃげていた。クロには全然似ていなかった。あぶら粘土で作った像は、雨や風にさらされて、じきにこわれた。こわれた粘土を、赤井はまたくっつけて像にした。ますますクロには似なくなった。

赤井は何年かたってから引っ越していった。大きくなったらものすごくいい男になって演歌歌手としてデビューしたという噂を聞いたことがあるけれど、ほんとうかどうかは確かではない。

校長先生

町内には、校長先生が一人住んでいる。

犬学校の校長先生だ。

いつもみんなが犬を連れて散歩にくる公園に、小さな土のグラウンドがある。人はぐるぐるグラウンドをまわり、犬はじぐざぐに適当につっきる。

グラウンドにうんちをしている犬や、人に吠えかかる犬を見つけると、犬学校の校長先生は走り寄っていって、「しっ」と叱る。

「犬学校」と背中に書かれたTシャツを、校長先生は着ている。おなかの方には「校長」とある。年のころは五十代。平日もたいがいはグラウンドにいる。

校長先生の頭はつるつるだ。子供が寄っていって「はげのおじちゃん」と言うと、校長先生はにこにこする。いい子だね、と言いながら子供の頭を撫《な》でる。でも目は笑っていない。

校長先生とは、何回か喋ったことがある。こちらから話しかけたわけではない。飼っている犬を連れてグラウンドに行ったらお辞儀をされたので、会《え》釈《しゃく》を返した。とたんに校長先生は寄ってきて、「雑種ですね」と言った。曖《あい》昧《まい》に頷くと、校長先生は「すばらしい」と続けた。ペットショップで高価な犬を売っとりますが、あれはよくない。犬はそのへんのものに限る。

関わりあいになりたくなかったので、また軽く会釈をして逃げた。犬を連れているから話しかけられるのかと思って、一人で散歩に行くようになった。最初のうちは校長先生は話しかけてこなかったが、何回か行くうちにまた声をかけてきた。

「犬はどうしました。病気ですか」

首を横にふったが、もう逃れられなかった。

校長先生は、犬のしつけがうまい。「しっ」と叱られた犬は、みな校長先生によく従う。頼まれてしつけを請け負うこともあるらしい。

「月謝は高いですよ」

校長先生は言う。

「うちは私立ですから」

昔クロという乱暴な犬がいたという話を、校長先生にしたことがある。

「クロは知ってます」

校長先生は答えた。赤井のところのクロですね。

びっくりしていると、校長先生は名をなのった。クロが生きていたころ、校長先生とわたしは同じ小学校に通っていたことがわかった。

昔の担任の先生を、校長先生は憎んでいる。廊下に三時間立たされたことがあるのだ。クラスの女の子のかばんに、校長先生がずっと集めてきた鶏の骨をどっさり入れたせいだ。

「どうしてそんなことを」

「から揚げをした鶏の骨は、きれいにしゃぶる。ものすごくきれいにしゃぶる。そういう鶏の骨は、まさに愛情の印ではありませんかね」
きっぱりと、校長先生は答えた。
校長先生には妻と二人の娘がいる。妻は弁護士で、娘は二人とも銀行に勤めている。
「つまらん生き方ですよ、あいつらのは」
校長先生は言って笑うが、目は笑っていない。
校長先生は、ときどきかつらをつけてくる。七三分けで、色は栗色だ。

スナック愛

「スナック愛」のおばさんは、鬼の顔をしている。

こわい声をだしたり、子供たちを叱ったり、というのではない。ただ顔が、絵に描いてあるような鬼にそっくりなのだ。見かけより気性はずっとおだやかだ。

「スナック愛」は、朝の七時半から開いている。モーニングセットは三百円だ。ロールパンが二つに、アイスコーヒーがつく。コーヒーはスーパーで売っている紙パックのものなので、冬でも夏でもアイスだ。

十二時からは昼定食の時間になる。ハンバーグセットと肉団子セットの二種類がある。どちらもレトルトを使っているので、ハンバーグ型と団子型というかたちの違いはあるけれど、味はそっくりだ。

夜はカラオケの時間だ。お客はほとんど来ない。たいがいはおばさんが一人で歌っている。扉が開け放してあるので、おばさんの声は通りまでよく聞こえる。まだ夜の浅いうちは、おばさんはたいがい「フランシーヌの場合」をうたい、夜がふけてくると、「白い蝶のサンバ」か「ざんげの値打ちもない」になる。

夜十一時に、「スナック愛」は閉店する。朝七時半から晩の十一時までの開店は、おばさんの生活時間にあわせてのものだ。おばさんの家は「スナック愛」なのである。店を閉めると、おばさんは洗面台で髪を洗い、よくしぼったタオルで体をふく。それから、小上がりにマットレスを敷いて眠る。店舗の奥には部屋はない。カウンターの内外と小上がり、トイレと洗面台、それが店舗にして住居の全貌だ。

おばさんの服や化粧品やアルバムは、小上がりの隅の半透明プラスチック箱におしこんである。たまに客がたてこんで小上がりまで満員になった時には、誰かがプラスチック箱の上にちょこんと腰かけなければならない。

おばさんには娘がいる。ときどき実家（スナック愛）に泊まりにくる。そういう時には娘を小上がりに寝かせ、おばさんはカウンターのスツールの下にござをしいて眠る。

「若い娘は、冷えるとよくないから、コンクリに寝かしちゃいけないと思ってさ」

おばさんはいつも言う。

このごろ、「スナック愛」のメニューが増えた。もともと「スナック愛」のメニューは、おばさんの朝ごはんやおばさんの昼ごはんやおばさんの夕飯を少し余計に用意しておいただけのものなのである。ごくたまにおばさんがハンバーグや肉団子やロールパンに飽きると、少しの間だけ、ピラフやしゅうまい（もちろんどちらもレトルトだ）やメロンパンに変わることもあるのだが、基本的には、四季を通じてハンバーグと肉団子とロールパンである。

増えたメニューは、つぶつぶかぼちゃと、おかゆと、ほうれんそうのマッシュだ。おばさんの娘に、赤んぼうが生まれたのだ。赤んぼうの離乳食（むろんレトルトだ）として用意したものの余分を、「新メニュー登場‼」と銘打ってメニューに載せたのである。

「スナック愛」に、この町の人は絶対に行かない。ごくまれに、ふりの客がまちがえて入ってしまい、しばらくすると蒼惶《そうこう》として出てくる。おばさんがどうやって生計をたてているのかは、謎である。

不良

かなえちゃんは、不良になった。

中学に入ると、突然くるぶしまである長いスカートをはくようになり、かばんはぺちゃんこ、髪はオキシフルで脱色してとうもろこしの穂のような色になった。

中一の頃は道で会えばまだ「かなえちゃん」と話しかけることができたけれど、中二になるとすっかり遠ざかった。かなえちゃんと同じように長いスカートをはいた女の子や、髪をこってりポマードでかためた男の子たちが、かなえちゃんにかしずくようにして取り巻いていた。かなえちゃんは、このあたりの暴走族の「頭《あたま》」の「女」になったのだった。

夜になると、いつもかなえちゃんの家の前にバイクが止まった。「頭」が迎えに来たのかと思って興味津々で見に行ったけれど、ちがった。「頭」は「女」の家になど来ないのだ。

かなえちゃんは、無表情にバイクのお尻にまたがっていた。「頭」ではない、けれどやたらに体の大きい高校生の腰に手をまわし、ヘルメットをかぶっていないとうもろこしの穂色の髪を、風になびかせていた。かなえちゃんをめぐって、「頭」と、かなえちゃんをいつも迎えに来ていた体の大きな高校生が一騎討ちをしたのは、そのすぐ後だ。「一騎討ち」という言葉に、びっくりした。

そのうちに「頭」は警察につかまった。派手な乱闘事件があり、一人死人が出たのだ。「練鑑《ねりかん》に行ったって」と、クラスの子が教えてくれた。

「頭」が入れ代わって、かなえちゃんの取り巻きが少なくなった。中三になると取り巻きは一人もいなくなり、かなえちゃんも髪を黒く染めなおした。それで元のかなえちゃんに戻って高校受験の準備に邁進するのかと思っていたら、暴走族活動のかわりに不純異性交遊をおこなうようになった。

夜十時過ぎに、学校の屋上で、かなえちゃんは夜な夜な男の子たちと不純異性交遊を重ねているのだと、近所のおばさんが教えてくれた。

「添田くんと福島くんと清水くんが特に熱心に屋上に通っているんですって」

おばさんはひそひそ耳打ちした。学齢の子供がいるわけでもないのに、おばさんが男の子たちの名前をよく知っていることにびっくりした。

かなえちゃんはたくさんの悪名をとどろかせながら、中学を卒業した。遠くの私立高校に行き、それから専門学校に入ってファッションデザイナーになった。

「フランスに留学したんですって」

と、近所のおばさんが教えてくれた。かなえちゃんの不純異性交遊の相手を教えてくれたおばさんとは、違うおばさんである。

フランスから帰ってきたかなえちゃんの髪は、ピンクになっていた。ときどき雑誌にかなえちゃんの写真が出るようになった。三十を過ぎて自分のブランドを持ち、髪の色は、赤、緑、金、白と、さまざまに変化した。この前

近所のおばさんに会ったら、

「郷土の誇りよね」

と言っていた。不純異性交遊について教えてくれたおばさんである。「郷土」という言葉に、びっくりした。

長屋

長屋には、個人タクシーのおじいさんが住んでいる。長屋はとても古くて、おじいさんはときどき、

「ご維新よりも前からある長屋さね」

と自慢する。ぼろぼろのその長屋には、おじいさんよりほかに住む人はいない。四軒長屋のいちばん左端の部屋を、おじいさんは使っているのだ。右端の一階部分は壁も床もはいでしまって、タクシーをとめてある。

おじいさんは、あまり働かない。タクシーに乗って出てゆくのは、週に二度ほどだ。昼ごろ出かけて、夕方には帰ってきてしまう。

年に一度だけ、おじいさんが三日間続けて家を空ける日がある。一月の半ば、小正月といわれる頃である。出かける日の朝になると、おじいさんはおむすびを十二個にぎる。魔法瓶にほうじ茶をいっぱいにいれ、ゆでたまごとみかんも、それぞれ六個ずつ用意する。

タクシーの助手席に食べものを入れたかばんを置き、おじいさんは昼ごろ出発する。午後いっぱいかけて、おじいさんは町内をタクシーでめぐる。狭い町内なので、車ならば三十分もかからずすべての道を走ることができるのだけれど、小さな公園があればそこで停車して休み、神社があればまたそこで休み、商店街のはずれでは小一時間も停まり、というふうにしているうちに、日はすっかり暮れる。

タクシーにはおじいさん一人しか乗っていないはずなのに、不思議なことにおむすびもゆでたまごもみかんも、いつの間にかなくなっている。おじいさんが食べたのではない。おじいさんはその日もいつもどおり、商店街の「ラーメン五郎」で半チャンラーメンを食べたのだから。

夜になると、おじいさんは中央高速に向かう。それからの二日間、おじいさんがどこで過ごしているかは、誰も知らない。甲府あたりで高速をおりて山の方に向かっているのを見たという噂も聞くが、さだかではない。

「ねえあんた、いつもどこに行くのさ」

いつか、「スナック愛」のおばさんが聞いたことがあったそうだ。

「女たちとちょっとドライブになあ」

女たちは、長屋の空き部屋に住んでいるのだという。三人いて、ご維新前にどの女も死んでしまったが、今も長屋にいるのだ。

「それ、幽霊なわけ」

「幽霊っつうか、まあ、女は女だ。かすんでても足はなくても、女はいいもんだ」

三人も相手にするのは大変でしょうと「スナック愛」のおばさんが言うと、おじいさんはほほほと笑う。

長屋はほんとうは戦後に建てられたもので、住民票を調べてみるとそこにはもう誰も住んでいないことになっているとわかったのは、つい最近である。

そのことが判明した今も、おじいさんは長屋に住んでいる。あんた自身が幽霊なんじゃないのと「スナック愛」のおばさんが聞いたら、おじいさんはほほほと笑ってから「ラーメン五郎」に出向き、いつもの半チャンラーメンに加えてニラ餃子とメンマを注文し、またたく間に全部をたいらげたそうだ。

八郎番

八郎《はちろう》番は、二回まわってきた。

一回めはわたしが四歳の時、二回めは小学三年生の時である。

八郎番は、くじで決まる。だから、一回も当たらない家もあるし、運が悪くて何回かまわってきてしまう家もある。当たりをいっとうたくさん引いたのは、たしか、かなえちゃんの三軒置いて隣の川又さんのところで、全部で十一回も八郎番をさせられたと聞く。

八郎番の期間は、一回につき三ヶ月だ。その間、八郎を家に住まわせ、食事を与え、学校にきちんと通わせなければならない。子供がふつうにする手伝いくらいならさせてもいいけれど、学校を休んで働かせたり、夜遅くまで用事を言いつけたりしてはいけないことになっている。小遣いもやらなければならない。

八郎は大食らいなので、八郎一人が来ただけで、その家の食費はひどくかさむ。素行が悪いので、先生からしょっちゅう呼び出しを受けたり、始末書を書かされたりもする。

そのうえ八郎は、弁が立つ。何かというと理屈をこね、口ごたえをし、いちゃもんをつけ、うるさくやいのやいの言う。いつか「ラーメン五郎」が八郎番に当たった時など、親父さんがノイローゼになってしまい、しばらくは餃子がメニューから消えてしまったくらいだ。おまえのところの餃子は味がなっていないと、八郎が毎日責めたてたのである。

八郎は、敷島家の十五番目の子供である。女が七人に、男が八人の、いちばん末の子が八郎なのである。子供が多すぎて敷島家では育てきれなくなったので、町内の家が順ぐりに八郎を居候させることになったのだ。

八郎の悪いところばかり言いたてたけれど、いいところも少しはある。ハーブを育てるのがうまいのと、彫りものが得意なところである。

行く先々の家で八郎がハーブを植えては育てるので、八郎番をしたことのある家の庭には、マロウやセボリーやボリジやヒソップがわんさか生えている。どうやって利用すればいいのか誰も知らないので、ただ繁茂《はんも》しているだけだ。

彫りものは、とても精巧な心臓のかたちの彫刻をつくることができる。敷島家に伝わる技術らしい。気持ち悪いので、誰も飾らない。

うちの二回めの八郎番の時には、八郎は中学生だった。お風呂に入っていると必ず覗くし、宿題がわからないと言っては小学生のわたしに聞きに来るし、迷惑このうえなかったけれど、外で会った時には、たまにアイスをおごってくれた。

八郎番は、八郎が中学を卒業するまで、町内のまわりもちで続いた。中学を卒業した八郎は、工務店に勤めながら夜間高校に通った。大学にも進み、建築士の資格をとって独立し、八郎番をした家の改築や建て直しを、ずいぶんと安く請け負った。

八郎の工務店が請け負った家は、すぐにわかる。必ず壁や塀のどこかに、克明でリアルな心臓が彫ってあるからである。いくら料金を割り引きしてくれても、あの心臓が嫌だといって八郎を避ける家も多い。八郎はそういう時、ものすごく怒って、その家の裏庭にこっそり大量のノミトリギクを植えつけてしまう。ノミトリギクは、虫よけになる、ひどくくさいハーブである。

呪文

川又さんの一家は、アメリカ帰りだ。

川又さんのおじさんとおばさんは、結婚してすぐにアメリカに渡り、十年カリフォルニアで商売をして、そこそこ外貨がたまったので、店をたたんで日本に帰ってきたそうだ。

「ハリウッドの有名人とも知り合いだったんですってよ」

と、近所のおばさんが教えてくれた。

アメリカ帰りだけあって、子供もアメリカ人だ。上の女の子はドリー、下の子はロミである。ドリーは五歳、ロミは二歳で、いつもおそろいのひも靴をはいている。

かなえちゃんは、川又さん一家に興味しんしんだ。

「ドリーをいじめに行こうよ。日本人の恐ろしさを教えてやらなきゃ」

と言うので、ドリーが遊んでいる公園に二人で行ってみた。

ドリーは、砂場にいた。大きな山をつくって、トンネルを掘っていた。

「やあい、ドリー」

かなえちゃんは、はやしたてた。ドリーは無視して、トンネルを掘りつづけた。

よく見ると、山は子供がつくったとは思えないほどなめらかだった。山頂はしっかりとかためられ、斜面はゆったりとなだらかに流れている。トンネルも、ただの穴ぼこではなく、きれいな馬蹄《ばてい》形をしていた。

かなえちゃんと二人して、ドリーをいじめるのを忘れて、見とれた。

ドリーは慎重にトンネルを掘り進めた。少し砂を掻《か》きだしては遠くに捨て、山をかためる。山をかためてはまたトンネルを掘り、砂を捨てる。ときどきトンネルの壁がわずかに崩れることがあると、ドリーは声をあげた。

「ウップス」

かなえちゃんとわたしは、仰天した。

「今、なんて言ったのかな」

「呪文かな」

ドリーは、長い時間をかけてトンネルをなおすと、慎重に掘りなおしはじめた。でもまたトンネルは崩れた。

「ウップス」

ふたたびドリーが言ったので、わたしたちは飛び上がった。結局その日、ドリーは二十回ほど「ウップス」と口にした。

次の日も公園に行くと、ドリーはまたトンネルを掘っていた。「ウップス」は、十七回口にした。その次の日は九回で、そのまた次の日は日曜日だったので、公園には行かなかった。

かなえちゃんとわたしは、大切な宝物を地面に埋める時や、誰かを呪いたい時には、それ以来いつも、「ウップス」と呪文をとなえるようになった。

川又さんの一家はじきに町になじんだ。そのうち川又さんのおばさんがドリーとロミのことをみどりとひろみと呼ぶようになって、アメリカ帰りであることが全然わからなくなってからも、かなえちゃんとわたしは「ウゥップス」の呪文をしばしば使った。

最後に使ったのは、わたしたちが三年生の時である。「おっぱいが大きくなりますように」と二人でお願いしながら、二十回ずつ「ウゥップス」と厳《げん》粛《しゅく》に唱えた。かなえちゃんもわたしも、早くおっぱいが大きくなって、宇宙人や悪の教団と戦いたかったのだ。

影じじい

影じじいは、町はずれの屋敷に住んでいる。屋敷は大きいけれど、荒れ果てている。バナナの木が二本と、やたらたくさんのソテツが、庭に植えられている。昔はいちめんに芝がはられており、いつもきれいに手入れされていたものだと、農家のおじさんが言っていた。

影じじいには、影が二つある。

影は、片方がとっても従順で、片方が反抗的だ。反抗的な方はいつも、従順な方にのしかかってみたり、あさっての方に駆けだしたり、影じじいの姿勢とは全然ちがうかたちをとってみたりしている。駆けだした時には、たまにほかの人間にくっついてしまうこともある。たいていそのまま、三日くらい離れない。いつか赤井がとりつかれて大変だった。なにしろじじいの影だから、疲れやすいのである。赤井が走ろうとすると、すぐにおおげさにぜいぜい言ってみせ、赤井をなじる。

「おまえはわしを殺す気か、地獄に落としてやる、なんて脅すんだぜ」

赤井はぶつぶつ言っていた。

「影じじいって、男爵なんだってよ」

八郎が、教えてくれた。屋敷では昔、夜な夜な舞踏会が開かれ、夜会服を着た女を連れた貴族たちが、馬車で乗りつけたのだという。

「馬車、見たこと、ありますか?」

農家のおじさんに聞いたら、おじさんは答えもせず、げっぷを一つした。

影じじいは、もう死んでいるのだという噂もある。影が二つもあるなんて、死人でしかありえない。だから、影じじいの影がくっついてしまうと、その人間も十日以内に死んでしまう、というのだ。

でも、赤井は死ななかった。それどころか、凶悪な犬クロを連れて、あいかわらずいろんなところで悪さをしまくっていた。

ところがある日突然、赤井は死にそうになった。車にはねられて、一週間意識を失っていたのだ。みんなが赤井のために泣いた。かなえちゃんのは嘘泣きだったけれど、八郎は本気で泣いていた。赤井と八郎は、前から不思議に仲がよかったのだ。このあたりのやっかい者どうしだからかもしれない。

赤井は、一週間後に意識を取り戻した。目を覚ますなり、

「ずっと影じじいの家にいた」

と言って、みんなを驚かせた。

影じじいの家で、赤井は毎晩舞踏会に出ていたそうだ。カドリールとウィンナーワルツとフォックストロットを踊りまくった。夜会服を着た女たちは、みんな赤井と踊りたがり、赤井は女たちをさばくのに苦労した。影じじいは踊らず、バナナのジュースをちゅうちゅう吸っているばかりだった。

影じじいの屋敷は、赤井が交通事故にあった数年後に壊された。影じじいはその時百三歳で、その後は海辺の高級老人ホームに入ったそうだ。老人ホ

ームでも、反抗的な影は時々よその老人にくっついて、その老人を早死にさせたという。

六人団地

町はずれの公団住宅には、たくさんの六人家族が住んでいる。

祖父母・息子夫婦・二人の子供といった構成の六人家族もあれば、夫妻に子供四人という構成の家族もあれば、従兄弟はとこ取り混ぜて六人という家族もある。

なぜだか、三人や四人や五人家族は少なく、九割が六人家族である。

六という数字は、外国ではとっても縁起が悪いのだということを広めたのは、アメリカ帰りの川又さんのおばさんだった。

「悪魔の数字なのよ」

川又さんのおばさんは、声をひそめて近所じゅうの人に耳うちした。だんだんに、このあたりの人間は公団住宅に近寄らなくなった。川又さんの広めた噂だけが原因ではなく、団地に行った人間におかしなことが起こるという事件が頻発したからである。

たとえば沢木さんのおじさんは、突然髭《ひげ》ののびる速度がはやくなった。朝髭を剃っても、夜には二十センチほどのぼうぼうした状態になってしまう。嵐村さんのお姉さんは、足の裏に水たまりができた。ただの水ぶくれかと思っていたら、いつの間にかおたまじゃくしがすみついて、楽しそうに泳ぎまわっていたのだそうだ。かなえちゃんのお姉さんは、急に口寄せができるようになった。団地から帰った翌日から、聖徳太子やらレオナルド・ダ・ヴィンチやら楊貴妃《ようきひ》やらを口寄せしては、ものすごく悲しげな声で、「今の世の中はまちがっておる」と、嘆きまくる。面白そうなので、わたしもかなえちゃんの家に行って口寄せをしてもらった。柳家金語楼《きんごろう》を寄せてください、と頼んだら、かなえちゃんのお姉さんは柳家金語楼そっくりの皺をよせた顔になって、「ああら、奥さん」と、ひとことだけ言った。

興奮してみんなに自慢したら、赤井が、

「口寄せって、死んだ人間しかおりてこないはずだぜ。金語楼って、まだ生きてるじゃん」

と言い返した。びっくりしてかなえちゃんのお姉さんに聞きに行くと、即座に、

「さっき死んだのよ」

と答えた。

団地に誰も行かなくなったので、団地は独自に発展していった。学校も郵便局も役場も商店街も会社も、全部自分たち用のものを建ててしまった。団地通貨もつくった。六人ぶんの頭がからみあった、おどろおどろしい模様のものである。

ずいぶん時間がたって、このあたりがさびれてしまった後も、団地は栄え続ける。やがては日本から独立して、軍隊も持ち、ときどきは東京湾で大がかりな演習もおこなうこととなる。

団地の呪いは、その後すぐに解けた。沢木さんの髭はのびなくなったし、

嵐村さんの足の裏のおたまじゃくしはやがて足が生えて蛙になり、それ以来水がたまることもなくなった。ただ、かなえちゃんのお姉さんの口寄せの力だけは残り、結局かなえちゃんのお姉さんは、恐山《おそれざん》の大イタコにまで出世した。今でも、いちばん得意な口寄せは、柳家金語楼であるそうだ。

ライバル

羊子《ようこ》さんと、そのお向かいに住む妖子《ようこ》さんは、ライバルだ。

二人とも、このあたりでは珍しく、近くの学校ではない私立の女子高に通っている。

羊子さんの学校の校長先生は、シスターなのだそうだ。

「校長先生は、ものすっごい年とってるけど、顔がつるつるなの。皺がまったくないの」

と、羊子さんが自慢すれば、妖子さんも負けていない。

「ふん、うちの学校の校長先生なんて、顔がつるつるで、おまけに頭のてっぺんまでそのつるつるがずっと続いてるんだから。もちろん皺は一本もないわ」

妖子さんのところの校長先生は、お坊さんなのだ。

服装だって、いつも張り合っている。羊子さんが、はやりのミニスカートに膝上丈のハイソックスをはいて自慢の脚を見せびらかせば、妖子さんはフレアーの入ったマキシのコートに身をかため、弟のロンドンブーツを無断で借りて通りを闊歩《かっぽ》する。

二人は、おないどしだ。おまけに、誕生日も一緒だし、血液型だって同じ、顔もそっくりである。

「あたしの真似ばっかりしないで」

「なによ、そっちこそ真似ばっかり」

言葉を喋れるようになってからこっち、二人はずっとお互いをそう非難しあってきた。すれちがう時には、二人の間に火花が散る。天気予報で異常乾燥注意報が出ている時には、決して二人がすれちがわないよう、このあたりの人たちは交代で見張っている。いつか、駅前の文房具屋さんが、実際に二人の火花による引火でボヤを出したことがあるからだ。

女子高を卒業すると、羊子さんは大学に進学し、妖子さんはすぐにお嫁に行った。ところが妖子さんの夫が羊子さんに一目惚れしてしまい、二人はいつしか人目をしのんで密会するようになった。羊子さんに関することにはひどく勘が鋭くなる妖子さんは、夫と羊子さんの関係にすぐに気づいた。

町じゅうの人間が息をひそめた。妖子さんが羊子さんにどんな復讐をおこなうか、固唾《かたず》をのんでいた。ところが、不思議なことに妖子さんは、突然つきものが落ちたようにさっぱりとしてしまったのだ。道で羊子さんとすれちがっても、にこにこと挨拶をするばかりだし、羊子さんに対抗するためにどんどん派手になっていた服装だって、急に地味になった。お化粧もほとんどせず、休みの日にはバスケットを持って公園に行き、おむすびをほおばりながら雀に餌をやったりしている。

おさまらないのは、羊子さんの方だ。せっかく妖子さんの夫を奪ったのに、ライバルの反応がまったくないことに業《ごう》を煮やした。妖子さんの夫と自分が不倫関係にあることを書いた張り紙を町内にべたべた貼り歩き、妖子さんの夫の会社に匿名の電話をかけて不倫関係を上司にこっそり教え、反応を待った。けれど、なにせ妖子さんが夫の浮気をまったく気にかけていないので、騒ぎの起きようはずがない。

最後には、羊子さんは五寸釘を持って丑《うし》の刻《こく》まいりをした。早く妖子さんが死んで、妖子さんの夫と自分が晴れて結婚できますように。ものすごい形相《ぎょうそう》で、羊子さんは丑三つ時の神社に参った。

そのかいあってか、やがて羊子さんは心臓発作でぽっくり死ぬこととなる。丑の刻まいりで死の呪いをかけられたのは妖子さんの方だったはずだけれど、二人がよく似ているので、神様がまちがえたのだ。

羊子さんが死ぬと、妖子さんはまた毒々しい人間に戻り、夫から慰謝料をたんまりせしめて離婚し、無農薬野菜の販売事業をはじめた。商売は繁盛し、妖子さんは家を二軒と船を二艘とおうむを二羽手に入れた。ときどき妖子さんは、

「ライバルがいなくて、つまんないわ。あなた、どうしてそんな良識的なお化粧しかしないの」

と、秘書に向かって当たり散らしているということだ。

妖精

音楽の家は、公園のすぐそばにある。

チョコレート色の壁に、えんじ色の瓦、ドアと出窓はうす茶色の、何調と言えばいいのか、迷うような雰囲気の家である。

表札は、ない。夏になると、庭にはひまわりがびっしりと生え、そのまわりに植えられたクスノキやハリエンジュ、メタセコイアに柿の木が、緑を濃くする。いつもきれいに手入れをされている庭なのに、草木の世話をする当主の姿を見た人はいない。

音楽の家を訪ねることができるのは、誕生日を迎えた人だ。それも、誕生日の午後三時きっかりに音楽の家の玄関先に立たないと、扉は決して開かれない。

「で、どんなだったの」

かなえちゃんに聞くと、かなえちゃんはまばたきを二、三回、ぱたぱたとしてから、

「ま、たいしたこと、なかったわね」

と、答えた。

かなえちゃんは、前日が九歳の誕生日だったのだ。たいしたことない、と言っているのに、かなえちゃんはいやにきょろきょろしていた。誰かに自分の言葉を盗み聞きされているのではないかと心配しているふうな落ち着きのなさだった。

町内の人たちの、だいたい半分くらいが、音楽の家に行ったことがあるという。そんなにたくさんの人がすでに訪ねているのに、音楽の家がどんなものなのか、誰も具体的なことを口にしない。個人タクシーのおじいさんは、「たえなるものでしたなあ」と言っていた。八郎は、「すげえ、って感じ」と

言った。農家のおじさんは、「うぐいすみたいな鳴き声が聞こえたような気もするしねえ」だったし、川又さんのところのドリーは、「あのね、あそこの家、ほんとウゥップスなの」である。あの言いふらしたがりの赤井でさえ、「音頭みたいのが、流れてた。くそっ」くらいしか言わない。

それぞれの言うことをつなげてみると、どうやら音楽の家に行くと、何かの音が聞こえてくるらしいのである。

「あら、あそこで聞こえるのは、音楽に決まってるじゃない。だから音楽の家って言うんでしょ」

と、冷静に言い放ったのは、かなえちゃんのお姉さんである。

「音楽って、どんな音楽」

びっくりして聞き返すと、かなえちゃんのお姉さんは、またぴしっと答えた。

「人によって、聞こえる音楽は違うの。その人の運命をつかさどる音楽が流れてくるのよ。なにしろほんとに、つかさどっちゃうんだから」

それからはもう、音楽の家に入ってみたくてたまらなくなってしまった。

翌週が「スナック愛」の孫の誕生日だと聞いたので、わたしは孫を借りだしてその日音楽の家の玄関前に立った。

午後三時きっかりに、扉はぎいっと音をたてて開いた。「つきそいです」と言いながら、おそるおそる踏み入った。音楽が、聞こえてきた。西郷輝彦の、「星のフラメンコ」だった。

一時間ずっと、「星のフラメンコ」を聞いていた。「スナック愛」の孫がぐずりだしたので、音楽の家を後にした。結局、「星のフラメンコ」がわたしの運命の音楽だったのか、それとも「スナック愛」の孫の運命の音楽だったのか、それとも両者の運命の音楽なのか、今も不明である。

音楽の家の当主は、毛むくじゃらの妖精である、という説を、いつか農家のおじさんが教えてくれた。

「その毛っていうのがさ、もんのすごく巻き巻きしてるんだって」

おじさんは義眼をいじりながら、言うのだった。

埋め部

膨大な量の恋文が、農家のおじさんの玄関先に捨てられていた。ダンボール箱六つに、ぎっしりつめこまれていたという。何通か読んでみたけれど、どれもつまらない恋文だったと、農家のおじさんは唾《つば》をはきながら言った。

恋文は、夜の間に捨てられたらしい。にわとりたちがいやに騒ぐと思っていたら、ていねいに三段に積み上げられたダンボールが、鎮座ましましていたというわけだ。

「昔なら、こういう時は、埋め部だったんだけど」

おじさんが言うので、首をひねった。埋め部って、なんですか。

「あれよ。あんたたちの小学校のクラブ活動で、ほら、埋めてくれる部のこと」

そんなクラブはないと言うと、おじさんはうなずいた。今は、ないよ。でも、前は、あったの。

埋め部は、頼めばなんでも埋めてくれたのだという。捨ててしまいたい日記に、いらなくなった鍋釜。いやな思い出のまつわる服に、壊れたガラスのコップ。

「なまものだけは、だめだったけど」

「なまものって」

「腐った芋とか、金魚の死骸とか」

捨てられた恋文なんて、恰好の埋め対象だったのになあ。おじさんは、なつかしむように言った。

「小学生に、ちゃんとした穴なんか掘れるんですか」

聞くと、おじさんは肩をすくめた。そりゃあ、小学生だから、埋めきれずに端っこが出てたり、雨が降ると流れだしたりもするけどさ。でも、あのいっしんに穴掘ってるちっこい背中を見てると、そんなこと、どうでもよくなっちゃってさ。おじさんには珍しく、しんみりした口調である。

おじさんは、女にふられた時、その女からこっそり盗んで持っていたくつ下を、埋めてもらったそうだ。それって、下着泥棒したってことですか。いや、くつ下は下着じゃないから。

埋め部が廃止になったのは、なまものを埋めたことが、ばれたからだという。埋め部の下級生が、女の死体を校庭の裏に埋めたのだ。

「でも、あれは、なまものじゃなかったんだ、ほんとは」

おじさんは言う。死体は、後で調べてみると、二百年以上前のものだった。すっかりミイラ化していて、小学生たちはそれが、古くなった爪か、卒業記念の図工作品かの、どちらかだと思ったのだ。

ミイラは掘りだされて、公民館に寄付された。今でも、公民館に行って頼めば、ミイラを見ることができる。

おじさんの玄関先に捨ててあった恋文は、その昔埋め部の部員だったという駐在さんが埋めてくれた。何通かの恋文を読んでみた駐在さんは、

「うへっ、下手くそだなあ」

と、唾をはいたそうだ。

恋文は、影じじいが、何人かいた妻たちに宛てて書いたものだという噂もあるが、埋めてしまった今では、もう確かめることはできない。

バナナ

　赤靴おじさんは、いつも不安そうな顔をしている。靴だけではなくズボンも真紅、髪は耳の上まで刈り上げていて、のばしている上半分は、ムースでかためてつんつんに立てている。必ず赤い靴をはいているのはいつも同じなのだけれど、紐のついた赤靴の時もあるし、編み上げブーツの時もあるし、季節によってはビーチサンダルのこともある。

　赤靴おじさんは、昔からこのあたりに住んでいたのではないそうだ。

「なんでも、以前は中国地方で大きな工場を経営していたらしいよ」

と教えてくれたのは、「スナック愛」のおばさんだ。

工場では、うさぎのぬいぐるみを作っていたらしい。ダッコちゃんブームの時に時流にのろうとした赤靴おじさんの先代が、ふわふわの毛のうさぎのぬいぐるみ「ウササ」を発売すると、ダッコちゃんほどではないけれどかなり売れ、その後もぬめっとしたカエルのぬいぐるみ「カルル」、ほんものの犬の匂いのするぬいぐるみ「ワワン」、皮の着脱が自由自在なバナナのぬいぐるみ「バナナ」を続けざまにヒットさせたという。

「でも、二代めの自分がつぶしたって。それでこの町に」

「スナック愛」で、いつも赤靴おじさんは「ざんげの値打ちもない」を歌うのだと、おばさんはいまいましそうに言う。

「あたしの持ち唄なのにさ」

赤靴おじさんが心配そうな顔をしているのは、五年前に開いたダンススタジオの経営があまり順調ではないからだという、もっぱらの噂である。

「ダンスって、どんなダンスなんですか」

聞くと、「スナック愛」のおばさんは首をかしげた。

「知らないよ。バナナダンスとか？」

赤靴おじさんとすれちがうと、その次の日には必ず、何かいいことがある。この前は、五百円玉を拾った。その前は、商店街のくじに当たってみりんを一本もらった。もっと前には、ナンパされた。縁日に行こう、と誘われてついていったら、屋台のやきそばを十二パック買ってくれ、おまけに、古い少年ジャンプも十冊、くれた。

赤靴おじさんはダンススタジオの三階に住んでいる。ときおり、道路で踊っていることもある。くるくると足をあげながら、五回転ほどまわるのを見たことがある。

「あれ、なんていう踊りか、知ってる？」

一緒にいた川又みどりに聞かれ、

「バナナダンス？」

と答えたら、ばかにされた。

「あれは、グランフェッテ」

赤靴おじさんのダンススタジオは、じきにつぶれた。一階は「スナック愛」の二号店になり、二階は貸し事務所となったが、三階には今も赤靴おじさんが住んでいる。ときどき道路でグランフェッテをおこなっている姿を見かける。とても不安そうな顔で、くるくると美しく回転している。

蝿の王

「このあたり、ギャンブルは、どうなの」

越してきたばかりの堺さんに聞かれた。

このあたりのギャンブルは、町はずれの丸じいが取り仕切っている。丸じいというのは通称で、まんまるの腹をしてまんまるの眼鏡をかけているので、そう呼ばれている。丸じいのギャンブルは、豚の蝿だ。十四並べた豚の、それぞれに何匹の蝿がたかるかを競う。

「豚？　蝿？」

堺さんは、驚いたように体をぶるぶる震わせた。丸じいはなにしろ動体視力が優れているので、動きまわる蝿をすべて識別して数えることができるのだ。もちろんビデオ判定もできるが、ほとんど必要がない。

翌日、堺さんは丸じいの賭場《とば》に出かけていった。深夜まで帰ってこなかった。

「儲《もう》かりましたか」

翌日聞くと、堺さんは札束を見せびらかした。厚さ一センチはあったろうか。一緒に行かないかと誘われたが、断った。いつかかなえちゃんに無理やり連れてゆかれ、三千円すったことがあるからだ。当時はまだ高校生だったので、痛手だった。

堺さんは毎日賭場に入り浸った。服装が派手になり、女が何人も出入りするようになり、何台もの外車が並ぶようになった。

堺さんがあまりに儲けるので、丸じいの賭場はだんだんにさびれてきた。いかさまをしているのではないかという噂もあったけれど、見破ることはできなかった。

そのうちに、丸じいは賭場から姿を消した。かわりにオーナーとなったのはむろん堺さんで、すぐさま大がかりな工事が始まった。キャバクラや怪しげなバーやおでん屋やプールが併設され、丸じいの時代には裸だった豚たちは、きらびやかな金糸銀糸の衣装を着せられた。賭場の大門にはブロンズの豚の首がかかげられ、その首にはやはりこれもブロンズのこまかな蠅がみっしりたかっているのだった。

町の人たちは気味悪がって近づかなかったが、外の人たちがさかんに出入りするようになった。風紀が乱れ、「スナック愛」のおばさんや犬学校の校長先生や八郎たちが反対同盟を作ってデモをしたが、効果はまったくなかった。

ある日、丸じいが帰ってきたという噂が流れた。それから数日後、堺さんは行方不明となった。賭場はふたたびさびれ、やがて昔のとおりの、素朴な裸の豚のギャンブルをほそぼそとおこなう場所へと戻っていった。

ずいぶんたってから、丸じいにこっそり聞くと、かんたんに本当のことを教えてくれた。堺さんに復讐しようと、丸じいは真夜中一人で堺さんの家に行き、ナイフで堺さんの心臓のあたりを思い切り刺したのだ。するとなんと、堺さんだったものは、何万匹もの蝿となって散っていったそうだ。

「あれは、蝿の王だったんだね、きっと。だから殺人罪は適用されないよ」

丸じいは言い、まんまるの腹をぽんと叩いた。ブロンズの豚の頭は、蝿の王の記念として、丸じいの家の押し入れに今もしまってあるという。

野球ゲーム

　近ごろ放課後になると、赤井と道夫はランドセルをしょったまま、そこそこと駅の裏手にある公民館に行くようになっていた。卓球をするのだと最初のうちは言っていたのだけれど、体育の授業で卓球をした時に、赤井も道夫もルールを全然知らなかったので、公民館では卓球などしていないということがばれてしまったのである。

「何してんのよ、あんたたち」

　かなえちゃんが問いつめても、二人は押し黙っていた。それで、かなえちゃんはわたしを連れて公民館に乗りこんだ。

歩きだした。

公民館に、二人はいなかった。かなえちゃんは、そのへんをじろじろ見まわした。猫が一匹、塀の上を歩いていた。かなえちゃんは、「シャーッ」と言って、猫を追い払った。それからおもむろに、こっちこっち、と言って、歩きだした。

公民館の横手の細い道に入ってしばらく行くと、へんな電子音が聞こえてきた。横に万年青《おもと》の大きな鉢が並べてあるガラス扉を覗くと、赤井と道夫が中腰で台に向かっていた。

「野球ゲームだ」

かなえちゃんは叫んだ。野球ゲームと呼ばれていたけれど、野球とはまったく関係のない、どちらかといえばスマートボールに近い、玉をはじいて穴に入れるゲームが、当時このあたりではやっていた。一回五十円で玉を十個買っておこなうそのゲームは、一度始めるとやめられなくなる依存性をもっていた。小学生はお金が尽きてしまえばそこでやめるが、大人がはまると大変なことになり、廃人になってしまったのも一人や二人ではなかった。

「なんだよ、先生に言いつける気かよ」

道夫は叫んだが、赤井の方はわたしたちを一瞥することもなく、集中していた。

「おかしいわね、赤井も道夫もお金なんてないはずなのに」

なるほど、それもそうだ。よく見ると、二人のすぐうしろにはすごく小さな子供がいて、玉がなくなると二人に五十円玉を手渡していた。なによあの見たことのない子、怪しいわね。かなえちゃんはつぶやき、つかつかと子供の前まで歩いていった。

子供とみえたものは、大きな鳥だった。鳥のくせに五本の指のある手をはやしており、顔も人間じみている。

「シャーッ」

さっき猫を追い払ったのと同じ質の、けれどあれよりも十倍は大きな威嚇《いかく》の声を、かなえちゃんはあげた。鳥はばたばたと羽音をたてて飛んでいった。残された赤井と道夫は、夢からさめたような顔でわたしとかなえちゃんをぼんやり見ていた。鳥は、二人がお尻をつつかせてやると、そのたびに五十円をくれたそうである。

「なんだ、ただの変態じゃん」

かなえちゃんは吐きすてるように言い、二人の手に残っていた五十円玉を素早く取り上げた。変態じゃなくて、鳥なんだけど。わたしは言いたかったけれど、かなえちゃんが怖いので黙っていた。赤井と道夫は、そのあとしばらく学校を休んだ。水疱瘡《みずぼうそう》にかかったのだと先生は言っていたけれど、本当は鳥のかたちの痣《あざ》が体じゅうにできたのがひっこむまで学校に来られなかったのだということは、数年後に道夫がこっそり教えてくれた。

拷問

どうしても銅像になりたいのだと、いつも道夫は言っていた。

「銅像になるには、どうしたらいいのですか」

道夫は先生に聞いた。えらくなったら、建ててもらえるかもしれません。あとは、すごくお金持ちになって、自宅の庭とかに建てる場合もあります。先生はまじめに答えていた。

学校の誰もが、陰で道夫のことを笑った。でも、かなえちゃんのお姉さんだけは笑わなかった。

「銅像になりたいなんて、今どき野心のある子供じゃないの」

自分もまだ子供のくせに、道夫のことを子供なんて言って。かなえちゃんは、お姉さんに毒づいたけれど、お姉さんはいつものようにはおどおどせず、いやに堂々としていた。

道夫とかなえちゃんのお姉さんが、銅像になるために政府に反旗を翻《ひるがえ》す計画をたてているとみんなが知ったのは、その年の暮れのことだった。

「政府に反旗って、それ、どういうの」

「連判状とか書いたらしいぜ」

「爆弾も用意してるって」

さまざまな噂がとびかった。かなえちゃんのお姉さんと道夫は、淡々と毎日を過ごしていた。二人が先生に呼びだされて訓告を受けた、ということは、かなえちゃんが教えてくれた。

「爆弾、どこに隠してあるの」

聞いてみたけれど、かなえちゃんも知らないのだった。お姉ちゃんのくせに、脅かしてもしぶとく白状しないのよ。かなえちゃんはぷりぷりしていた。何の証拠もないので、先生も二人をどうにもできなかった。

政府が転覆《てんぷく》したのはお正月明けのことだった。

「革命軍がNHKを占拠して、大統領が人質になった」

大文字の号外が出て、戒厳令が発令された。NHKは革命軍の支配下におかれ、革命軍の作ったつまらないビデオを終日流しつづけた。ためしてガッテンもサラメシも見られないなんて許せないと、かなえちゃんは文句を言いどおしだった。かなえちゃんが、ためしてガッテンとサラメシを見ているなんて、意外だった。

春になると、革命軍は鎮圧された。大統領は解放され、すべての秩序は元に戻った。ただ、かなえちゃんのお姉さんと道夫が、革命軍とどのようなつながりを持っていたのか、それともまったくの無関係だったのかという問題が、解決していなかった。

二人の姿が消えたのは、革命軍が鎮圧されて間もない頃だった。それから半年して、二人は学校に戻ってくる。かなえちゃんのお姉さんは、髪をまっかに染めており、道夫の方はトランペットを小脇にかかえ、常につま先で拍子をとるようになっていた。

「で、革命軍とお姉ちゃんとは、どういう関係だったの」

凄味をきかせてかなえちゃんは詰問したけれど、お姉さんは平然と無視したそうだ。

二人がひどい拷問を受けたという話は、隣町から伝わってきた。

「ひどい拷問だったの？」

朝礼の時にこっそり聞いたら、道夫はきっぱりと否定した。

「すげえ、気持ちいいこと、されただけ」

どんな気持ちのいいことだったのかは、教えてくれなかった。道夫の銅像は結局建たなかったけれど、かなえちゃんのお姉さんの銅像は、その後五十年以上たってから三体も建てられることとなる。建てられたのは、革命とはまったく関係ない理由からである。

バス釣り

外交官が町に来たらしいよ。

そう教えてくれたのは、八郎だ。

「外交官って、なによ」

かなえちゃんは唾をとばして聞き返した。

「そりゃあ、国と国との間をとりもつっつうか、外交使節団っつうか」

八郎の答えは、かなえちゃんを満足させなかった。

「曖昧ね」

「外交っつうもんは、そういうものさ」

「誰か、その外交官に会った人はいるの」

「長屋の個人タクシーのじいさんが、何回か乗せたって話だけど」

「外交官は、専属の運転手つきの車に乗ってるはずよ。ふん、それはきっと、にせの外交官に違いないわね」

かなえちゃんは決めつけた。

けれどそれはにせの外交官ではなかった。長屋のすぐそばに大使館が建てられ、そのうちに専属の運転手つきの黒塗りの車も用意された。奇抜なデザインの国旗が掲揚され、町の外から来た見知らぬ者たちが、大使館を夜な夜な訪れるようになった。

不思議なことに、外交官の姿をしかと見た者は、誰もいなかった。タクシーに乗せたという長屋のじいさんもそれは同じで、

「いや、バックミラーには確かに人らしき姿はうつっていたけど、どんな顔だったかどんな服を着てたか、どんな声だったか、全然覚えてないんだよ」

と、首をかしげるのだった。

外交官は、釣りが趣味らしく、毎週日曜には町はずれの人工湖に行き、何

匹ものバスを釣ってはリリースしているらしい。

「でも、湖なんて、この町にあったっけ」

赤井が言いだしたので、ちょっとした騒ぎになった。もともとあったという者と、そんなものは生まれてこのかた知らないと言い張る者たちが角つきあわせて、あわや銃撃戦というところまでいった。

町の株価は少しずつ下がり、治安が乱れた。兵役に応じない若者が増え、亡命する者も多くなった。

気がついてみると、地上で生活する者はほとんどいなくなり、地下深いシェルターで人々は暮らすようになっていた。学校に行くのも命がけだった。だいいち、学校で教えようという教師が払底《ふってい》していた。青年たちも子供たちもそれぞれの年代でかたまってギャング団をつくり、縄張り争いをおこない、町を荒らした。唯一地上で営業している「スナック愛」には、毎晩怪しい男たちが出入りし、麻薬や覚醒剤の売買をおおっぴらにおこなった。ただ一つ変わらなかったのは、「スナック愛」のおばさんが毎晩「ざんげの値打ちもない」をカラオケで歌いつづけていたことくらいか。

そうやって十年、二十年と月日がたち、町はやがてさびれて無人になった。けれどあいかわらず大使館だけは、奇抜な国旗をたかだかと掲揚し、専属運転手つきの車をぴかぴかに磨きたて、羽振りがよかった。

そして、ある日突然すべてが元に戻った。

町の道路は掃き清められ、学校は再開され、廃人になっていた町の人たちは若返って元気になり、株価や兵役などといった概念は一掃された。外交官は宇宙人で、非常に大がかりな催眠実験をおこなっていたのだという噂が、その後あちこちでささやかれたけれど、真実を知る者は誰もいなかった。大使館は今もあり、人工湖では日曜になるとバス釣りをする外交官の姿が見られるという。誰も確かめには行かないけれど。

グルッポー

鳩鳴病がはやりはじめたのは、たしか五月の連休明けだった。最初に発病したのは農家のおじさんで、発病してからしばらく気がつかなかったせいか、かなり重篤な状態となってしまった。

「グルッポー」

農家のおじさんは、病の床で、しきりにうなった。鳩鳴病とは、喋る言葉が鳩の鳴き声になってしまう病なのである。そのうえ、重いものになると、姿も鳩めいてくる。伝染力はかなり強く、看病にあたる者のほぼ全員が感染してしまう。

「鳩鳴病の兆候があったら、絶対に外に出ないでください。すみやかに検査を受け、もしも発病が判明したら、ためらわず隔離病棟に入ってください」

役所の広報カーが、町じゅうをまわってスピーカーで言いつづけた。けれど、軽くすむ場合は、たくさん喋りさえしなければ、鳩鳴病にかかっていることがばれないことも多いので、黙っている者も多かった。

「だって、感染病棟って、もんのすごく飯がまずいんだって」

赤井が、消息《しょうそく》通ぶって説明した。赤井は、農家のおじさんが発病してまだ間もないころ、その体がどんどん鳩めいてゆくさまを目撃して以来、鳩鳴病の権威のようにふるまっていたのである。

「まず、たいらだった胸が、すんごい鳩胸になってな。それから、目がくるっと大きくなる。最後にはあの鳩の歩きかた。上半身をいちいち前にせりだしながら、ちょこまかちょこまか足をはこぶ、あの歩きかたそっくりになっちまうんだ」

唾をとばしながら、赤井は得々と説明した。みんな恐ろしそうに聞いていたけれど、かなえちゃんのお姉さんだけは、

「胸が大きくなって、目がぱっちりするんなら、鳩鳴病にかかりたいわ」

と、つぶやいていた。

鳩鳴病になって、いちばん困るのは、思考が鳩的になることだった。どんどん卵をうみ、たくさん糞をまき散らし、どこにでも飛んでいってパンくずをつつく、といった行動様式だけならまだしも、考えかたの芯が鳩になってしまうのは、かなり難儀なことだった。

とにかく、先を見通す力がまったくなくなってしまうのだ。今のこの一瞬のことしか、考えられなくなる。病がはやりはじめてから数ヶ月間、町は目も当てられないさまとなった。どこもかしこも散らかりほうだい、時間はまったく守られなくなり、すべての仕事がとどこおった。けれど、鳩鳴病にかかってしまえば、結局は何も気にならなくなる。そのうちに、病気にかかっていない者たちはいなくなり、人々は乱れきった毎日を嬉々として過ごすようになっていった。

「どんどん子供をつくろう、うまい豆や種を食おう」

町のほぼすべての人が浮かれ、この時期、実際に出生率はうなぎのぼりとなった。

　鳩鳴病は、一度かかってしまえば一生免疫ができるので、おおかたの人間が罹患《りかん》し終えた半年後くらいには、町はまた徐々に元の様子に戻っていった。誰もが、罹患中の互いの行動については知らないふりをしあい、そのために町の人々の結束は強まった。

　ところが、ただ一人、病に感染しなかった者がいて、それは赤井なのだった。赤井は、嘆いた。だれよりも鳩鳴病の症状がなじみそうなだけに、ショックは大きいようだった。

「赤井って、目が小せえな」

　赤井の嘆きを知り、みんなは面白がってからかった。病が癒えた後も、後遺症として、ぱっちりした目が町の人たちには残ったからだ。ことに、農家のおじさんは、あの鳩特有の歩きかたが、いかに気持ちよかったかを、赤井に自慢しつづけた。赤井は何も言い返せず、ただ、おじさんがそのへんに落ちている食べもののくずをつまんでうまそうに口に入れる（この嗜好《しこう》も後遺症の一つである）のを、横目で眺めるばかりだった。

運動会

「もうすぐ運動会が開かれるって」

秘密めかした声で、かなえちゃんが教えてくれた。

その前の運動会は、三年前に開かれた。主催したのは警察で、だからか、格闘競技や射撃競技が中心だった。赤井は柔道30キロ以下級で、川又さんのところのドリーは空手の型部門で、かなえちゃんのお姉さんはエアライフル小学生の部で優勝し、わたしたちの小学校は大いに面目をほどこした。中でも、かなえちゃんのお姉さんは、エアライフル競技を始めてまだ一年にも満たないのに優勝したということで、警察からスカウトまで来たのだけれど、

「将来は、口寄せの仕事につくつもりなので」

と、あっさり断ったそうだ。その時使ったワルサーのエアライフルは運動会が終わった後もかなえちゃんの家の居間に飾られ、翌年強盗犯が侵入してかなえちゃんのお父さんとお母さんを人質にとって立てこもろうとした時には、かなえちゃんがそのエアライフルを構えて強盗犯をおどしつけ、事なきを得た。

「お姉ちゃんじゃなくても、あたしだってエアライフルくらい使えるのよ」

その時かなえちゃんは勝ち誇ったように言っていたので、かなえちゃんがお姉さんに嫉妬していたことがよくわかった。ちなみに強盗が入った時、お姉さんはイタコ合宿に行っていた。

今回の運動会は、このあたりの地銀《ちぎん》であるマルナカ銀行主催である。当日にはマルナカ銀行を開放し、ローン審査競争、振り込め詐欺《さぎ》防止競争、金融商品販売競争、小切手チェック競争、銀行キャラ創作競争などの各競技がおこなわれる予定だ。

中でも一番人気の競技は、お札《さつ》数え競争で、クラスでもほとんどの子たちが、出たいと手をあげた。赤井も道夫もみんなが声をかぎりに、「はいはいはいはい」と挙手しながら叫んだので、教室の窓にひびが入った。最後にはじゃんけんで出る子を決めることにしたのだけれど、結局赤井も道夫も負け、ものすごく悔しがって地団駄をふみならし、教室の床板にもひびが入ってしまった。

かなえちゃんはどの競技にも手をあげず、お札数え競争の参加者を決める時にも、冷ややかで落ち着いた様子だった。騒ぐ男子たちを横目で眺めつつ、ノートにしきりに何かを書きつけていた。

「それ、なあに」と聞くと、

「架空投資表」と、かなえちゃんは答えた。

実は小三の時からずっと架空投資をおこなっていて、紙面上での現在のプラスは三千万円と少し。最初の架空投資金額はたったの一万円だったにもかかわらず。と、かなえちゃんは自慢そうに説明した。

「じゃあ、かなえちゃんの貯金って、三千万円以上あるの？」

驚いて聞くと、かなえちゃんは鼻を鳴らしてばかにした。

「だから、架空だって言ってるでしょ」

「それって、人生ゲームでたくさんお金持ってるようなもの？」

「ちょっと違うけど、まあ全く違うわけじゃないわね」

かなえちゃんはすぐにわたしから顔をそむけ、ノートに集中した。よく見ると、かなえちゃんは耳にイヤホンをさしこんでいた。ラジオを聴いているのだった。

秋になって運動会が開かれ、お札数え競争も、金融商品販売競争も、大人たちばかりが勝って、子供たちはがっかりだった。銀行キャラ創作競争だけは、川又さんのところのロミがつくった「呪いのアメフラシ」が準優勝したけれど、優勝したのは犬学校の校長先生（先代）で、キャラはむろん犬だった。

「ださいよ、キャラが犬なんて。センス古すぎ」

子供たちは怒ったけれど、審査するのが銀行の幹部連なので、どうしようもなかった。かなえちゃんはどの競技にも参加せず、架空デイトレードにいそしみ、プラスを五千万円まで伸ばした。教室の窓と床板のひびは、その後も修理されず、運動会なのに体を動かす競技は一つもなかった「地銀運動会」を記念するモニュメントとなっている。

果実

姫が、引っ越してきた。

「ただのばばあじゃん」

と言って道夫や赤井は笑ったけれど、わたしたち女子は、真剣に姫のことを探ることにした。

姫が住んでいるのは、町の北側だ。平屋のこぢんまりした家、庭にはクリスマスローズが咲きみだれ、野バラがアーチをつくる。家の壁は薄緑に塗られ、ドアはココア色だ。

午前中に姫は庭仕事をし、午後は町の市場に買い物に行ったり、公園でひなたぼっこをしたり、たまに「スナック愛」のおばさんのところに寄って、おばさんとお喋りしながら一緒に冷凍のピラフを食べたりする。夕方までには家に戻り、レースのカーテンをひいて灯《あか》りをともす。夕飯のしたくには、小一時間ほどをかけるようで、途中から必ずいい匂いが家の外までただよってくる。姫が動く姿は、カーテン越しに見える。一人で夕飯を終えると、片づけをした後に揺り椅子に座り、ゆっくりと読書をおこなう。

これだけのことを探るのに、わたしたちは一ヶ月ほどを使った。昼間は学校があるので、姫の行動パターンを把握するためには交代で仮病を使い、毎日尾行をした。

「こんな判で押したような暮らしをしているのが、さすがよね」

かなえちゃんは、興奮した。

なにしろ姫は、わたしたち女子にとっては、立志伝中《りっしでんちゅう》の人物なのだ。ねずみに育てられ、長じてからカエルの求婚を受けるも、逃亡。さまざまな辛苦の後に、王子と出会い、結婚。けれどやがて、その王子をも捨て去り、自由奔放《ほんぽう》豪華絢爛《けんらん》に五十年を過ごしたのち、暗黒街の顔となり、しかしある日ふっとすべてに厭気《いやけ》がさし、姿をくらます。数年後、姫はもう死んだという噂の中で、暗黒街からも王子の国からも遠いこのあたりにあらわれ、住みはじめる。

「姫の生き方って、理想じゃない？」

「そうだよね、王子とも結婚したし」

「どえらい金儲けもしたって」

「男たちを踏みにじって、それでも後から後から男が追いすがったって」

「でも、姫って、親指くらいの大きさじゃなかったの？」

「王子と別れた原因は、結婚後姫が急に成長しだして、標準的な人間の大きさになっちゃったことだったんだって」

「うそ」

おとぎ話なんか、信じちゃだめよ。かなえちゃんのお姉さんだけが、一人警告を発していたけれど、誰もかなえちゃんのお姉さんの言葉など聞きはしなかった。どうやったら王子とめぐりあえるのか。どうやったらカエルを蹴《け》散《ち》らせるのか。どうやったら暗黒街の顔になれるのか。それぞれの異なった野望を胸に秘めた女子たちは、毎日姫に近づく方法を模索するのだった。でも、誰一人として、姫に直接当たる勇気はなかった。そんなふうだったから、川又さんのところのドリーが姫と二人でこそこそ喋りながら歩いているところに出会った女子たちは、どよめいた。

「あら、このあたりの子たち？」

姫は聞いた。ドリーは、あわてて頷いた。

「ぜんぜん垢抜けた子がいないのね、このあたりは本当に」

姫は見下したように言い、ドリーに向かって肩をすくめてみせ、すたすた歩いていってしまった。アメリカにいた時に、姫が川又家の隣に住んでいたことを、ドリーは初めて打ち明けた。アメリカ時代は、ロールスロイスやジャガーに乗った男たちが夜な夜な姫を訪れ、シャンパンを開ける音が家の外まで響きわたったという。

「ね、さっきは姫と何喋ってたの」かなえちゃんが好奇心まんまんで聞いた。

「ばれない毒殺のしかた」

アメリカ時代の姫の家の裏庭には、ゆうに十人は死体が埋まっているというもっぱらの噂だった由《よし》。でも今はすっかり改心して、この町ではもう人を殺すつもりはないとのことだ。

「で、ドリーは毒殺したい人間がいるの？」

「うん、二人ほど」

ドリーは笑いながら答えた。

数十年後、全国で大がかりな連続毒殺事件が発生した時には、もうとっくに姫は死んでいたが、ドリーは健在で、その年、川又家の庭にある実のなる木という木には、枝もしなるほどに果実がたわわに生《な》ったのであった。

白い鳩

かなえちゃんのお姉さんは、この前の遠足の時に、妙なものを拾った。

遠足は、大遠足ではなく小遠足だった。バスにも乗らず、学校から直接町の北東にある黄金山の登山口まで徒歩でゆき、そのまま登るのだ。山は三百メートルほどの高さしかない。学校から登り口まで一時間、登り口から頂上まで一時間半ほどで着いてしまう。

かなえちゃんのお姉さんには、クラスの友だちが一人もいない。ほかの子供たちは、歩きながら歌を一緒にうたったり、はしゃいで追いかけっこをして先生に怒られたり、打ち明け話をしあってくすくす笑ったりしていたのだけれど、かなえちゃんのお姉さんだけは、むっつりと黙りこんでうつむきがちに歩いていた。

ときどき、クラス委員の山上さんが、

「一緒に歩こうよ」

と、誘いにきたけれど、かなえちゃんのお姉さんはびくびくしたような顔で、いそいで首を横にふった。何回も、山上さんは誘ったのだけれど(先生に頼まれてもいたし)、かなえちゃんのお姉さんは、かたくなに一人で歩きつづけた。十七回誘ったところで、山上さんはあきらめた。

実は、かなえちゃんのお姉さんは、前の夜に予知夢を見ていたのである。

小さなおばあさんとその十倍くらいある大きなおじいさんが、夢の中には出てきた。おじいさんはおばあさんを踏みつぶそうとするのだけれど、おばあさんはそのたびにひらりひらりと宙に舞い、おじいさんを翻弄《ほんろう》する。しまいにはおじいさんは疲れ切って横たわってしまい、するとすかさずおばあさんはおじいさんの急所を小さな小さな針でつつき、半殺しにしてしまうのである。

「結婚ってものは、いいね。こんなふうにいつも傷つけあうことができるから」

おばあさんは言う。おじいさんとおばあさんは、金婚式などとっくの昔に過ぎていて、偕老同穴《かいろうどうけつ》でずっと共に過ごしてきたのである。いまだに相手に油断せず、互いに致命傷を与えあう機会をうかがいつづけている。二人は、かなえちゃんのお姉さんの夢の中に、一週間に一回は出てくるレギュラーである。

針を刺されたおじいさんは、口から大きな泡を吹きはじめた。シャボン玉のような泡は、どんどん大きくふくらんでいった。泡の中に、黄金山でかなえちゃんのお姉さんが妙なものを拾っていることを予知する光景が、ぼんやりと浮かんでいたのである。誰かにその妙なものを拾っているところを見られたら、独り占めできないので、かなえちゃんのお姉さんは山上さんを無視しつづけたのだ。

頂上に着くと、お弁当の時間になった。その朝家を出る直前に、かなえちゃんが意地悪をして、こっそりお弁当の中身を入れ替えたことは、家を出たすぐの四つ辻のところで確かめずみだったし——唐揚げと卵焼きとおむすびだった中身は、ぎっしりの納豆に替わっていた——何しろ予知夢の妙なものを早く探しだしてしまいたかったので、かなえちゃんのお姉さんはこっそりみんなから離れ、けもの道の奥の方へと進んでいった。

やがてけもの道もとぎれ、あたりは暗くなっていった。そのずっと先に、光るものがある。竹の節《ふし》が、光っているのだった。

「じゃあ、拾うのって、かぐや姫？　そんなもの、いらない」

かなえちゃんのお姉さんは、毒づいた。けれど、よく見てみると、光っているのは竹ではなく、もっとぐにゃぐにゃしたゴムホースのような植物だった。かなえちゃんのお姉さんは乱暴に植物を折った。中から出てきたのは、とても臭《くさ》い、白い鳩に似たものだった。ただしそれは鳥ではなく、かといって神様や妖怪の類でもなく、ただとてつもなく臭いものなのだった。かなえちゃんのお姉さんは、お弁当箱の中の納豆を全部捨て、かわりにそのとても臭いものを中に入れた。

帰り道では、行きよりなおさらみんなはかなえちゃんのお姉さんを避けた。

なにしろ臭かったので。家に帰ってからお弁当箱のふたを開けると、鳩に似た臭いものは部屋の中をばたばたと飛びまわった。かなえちゃんに見つけられてしまうと、その妙なものはすぐさま処分されてしまうに決まっているので、かなえちゃんのお姉さんは、ずっとお弁当箱の中にそれをしまっておいた。学校に行く時も、遊びに行く時も、部屋にいる時も、いつでも持って歩いた。

白い鳩に似た妙なものは、少しずつ育っていった。お弁当箱に入りきらなくなってからは、外に放し飼いにするようになった。夜になれば、必ずそれは帰ってきて、かなえちゃんのお姉さんの部屋の窓をくちばしでつついた。

育つにしたがって、その妙なものは姿を変えていった。最初は白い鳩に似ていたのが、次には草色の大きなバッタに似てきて、そのうちに突然人間のかたちになった。あいかわらず臭かったけれど、服を着せると、ちょうどかなえちゃんのお姉さんと同い年くらいの少年にみえた。

少年に、かなえちゃんのお姉さんは「おじいさん」という名をつけた。毎日かなえちゃんのお姉さんは、

「おじいさんや」

と呼びかけては、小さな小さな針で少年の急所をつくべく、少年の周囲をぐるぐるまわったり背後から突然襲いかかったりした。

少年は素早かったので、かなえちゃんのお姉さんは、なかなか急所をつくことができない。そのうちに、少年は青年になり力も強くなったので、ますます襲いにくくなった。

やがてかなえちゃんがフランスに留学したので、かなえちゃんのお姉さんは、青年をのびのび飼えるようになった。それまではこっそり屋根裏に住まわせていたのを、空いているかなえちゃんの部屋を使うようになり、昼ひなかから盛大にセックスをおこなったりもした。両親は、かなえちゃんともかなえちゃんのお姉さんとも違って、とてもおっとりしていたので、青年の存在にはまるで気づいていなかった。

青年は壮年になり、中年になった。かなえちゃんのお姉さんも三十歳を過ぎた。

「おじいさん、そろそろ結婚でも、する?」

かなえちゃんのお姉さんが聞くと、中年は頷いた。その頃にはかなえちゃんのお姉さんは、恐山のイタコとして名をとどろかせており、収入もうなぎのぼりだった。恐山のふもとにかなえちゃんのお姉さんは豪勢な家を建て、中年と一緒に住んだ。中年は、もう臭くなくなっており、おまけにとても優しくてもてたので、かなえちゃんのお姉さんに口寄せをしてもらいに来た若い女の子たちとしょっちゅう浮気をしていた。かなえちゃんのお姉さんは、もちろんそのことに気がついていたけれど、面倒なので、それに中年は本物の人間ではなくただの妙なものなので、ほうっておいた。

かなえちゃんのお姉さんが六十歳になった時に、地球に巨大隕石がふってきた。軌道計算をした物理学者たちが、一年前からかなり正確に落ちる場所を予想していた。かなえちゃんのお姉さんが小学校の時に小遠足で行った黄金山のあたりである。

かなえちゃんのお姉さんは、また予知夢を見た。中年が、ふってくる隕石をくいとめている夢である。

起きてから中年に聞くと、中年は少しだけ泣いてから、

「お別れするのは悲しいけど、うん、くいとめてくる」

と言うなり、最初の白い鳩に似た姿に戻った。そのまま白い鳩は飛びたち、宇宙空間まで飛ぶと巨大化し、隕石に体当たりして粉々に砕いた。

人々は拍手喝采し、かなえちゃんのお姉さんは英雄になり、各地に銅像が建てられた。小さい頃は自分の銅像が建つことを願っていたかなえちゃんのお姉さんだったけれど、実際に建った時には全然喜びを感じなかった。いなくなってしまった妙なものを思いながら、かなえちゃんのお姉さんはそれからの日々を静かに過ごした。中年の姿から白い鳩の姿に戻った時、妙なものはふたたびものすごく臭くなった。あの臭い匂いをもう一度かぎたいものだと、かなえちゃんのお姉さんは死ぬまで思いつづけたのである。

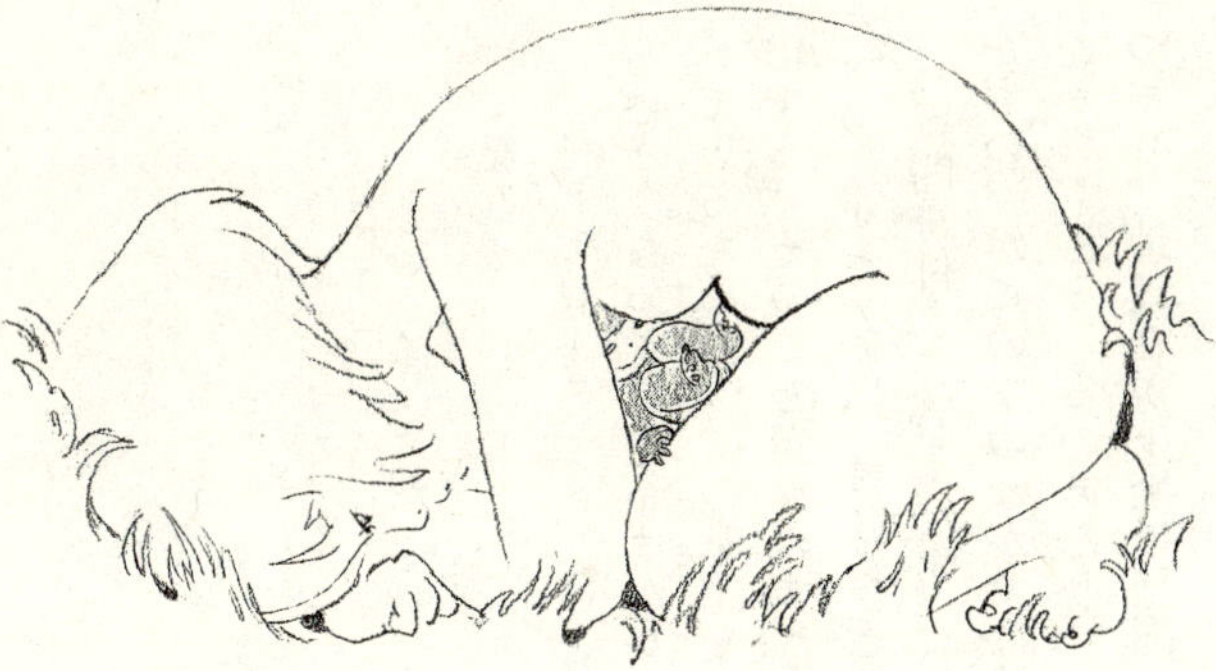

解　説

古川日出男

　この本は、ときどき鳥の目になる。

　あっさり飛んでしまうのだ。そして見下ろす。なにを見下ろす＝鳥瞰するのかといえば、時間を。ここにはちいさなちいさな作品ばかりが収められているのに、そうした〝鳥の目〟が用意されているために、その掌篇たちはいつも／たまに輪郭をうしなって、わーっと巨大化する。そのことがものすごく感動的だ。掌篇小説、の辞書的な定義は「短いこと」のはずなのに、読み終えた瞬間から「……いったい『短い』ってなんだろう？」と疑問符付きで考えだす。つまり、「……だって、長かったぞ」と。その、長かったもの、がこの本のなかでは時間なのだ。

　いっぽうで、書名が書名だから「……『このあたり』ってどこだろう？」とも考えざるをえない。これは、つまり、地理とか土地の地図（的なるもの）を知りたいという欲求で、再度この衝動を言い換えるならば、時間に対しての「空間」をつかみたい、となる。ところが、冒頭からふれてきた素敵な〝鳥の目〟の、その「空間把握にはぜんぜん執着しない」感じ、はどうだ。たとえば、鳥瞰する目はこんなふうにいろんなものが町はずれにあるという。影じじいの屋敷。六人家族ばかりが暮らす公団住宅（正確には全体の九割が六人家族）。豚の蝿を用いたギャンブル（動体視力に優れたものが勝利する）を行なう丸じいの賭場。そもそも存在が疑わしい人工湖。いちばん最後のものは、「湖なんて、この町にあったっけ」と登場人物に言われて、そのひと言が引き金になって町の株価が下がり、治安が乱れ、亡命者も出、人びとは地下に暮らし出し、十年二十年と歳月が過ぎて、地上は無人となり、でも——ある日突然その全部がもとのように戻る、と語られるほどに、空間のあいまいさが時間までをも右に左にブンブン振りまわす。

この町は、車を使えば三十分もかからずにすべての道を走れる。でも、当然ながら、そうした町の「はずれ」というのは北にも南にも東にも西にもあって、というか三六〇度に展開していて、だから（言ってしまえば）無限にあって、そこがあいまいなのは当然でしょう？　と〝鳥の目〟が告げる。それからまた、この〝鳥の目〟は、そこから時間が分岐して、パラレルワールドになってしまうのも当然でしょう？　とも。要するに「町はずれ」単位でのパラレルワールド。そして時間の——なぜだか爽快な——伸縮。これらを、当然でしょう？　と言われると、はい、とニコニコうなずいてしまう。この本を駆動させている〝鳥の目〟は、それはもう大変に説得的なのだ。

だって、〝鳥の目〟は神様のそれとは違うのだし。

つまり、冷静に——ほとんど冷酷に——人類を見下ろしていたりは、しないのだし。

だから「このあたり」の町には、幸福感がある。

この本にはひみつが多い。そんな気がする。そのうちの一つか二つ程度はこの解説で明かしたいのだけれども（ただし外れているかもしれない。著者の川上弘美さんには叱られるかもしれないし、そもそも正解がないのかもしれない）、まずは〝幸福感〟の話を続けたい。時間が十年後とか五十年後とかにどんどんジャンプして、統一されていたり不統一だったりする未来が現出する時に、その未来がどれもこれも不穏で楽しいのは、たぶん、底のところで〝幸福感〟が流れつづけているから。そういう意味では、「このあたり」のちいさな町は、そうした川の上に建っているのだ（川上だ！）。不穏で楽しい、を言い換えると、平穏、となる。これが「このあたり」の町の日常感覚である。

もう一度、説明し直す。国語辞典的には平穏の反対語が不穏である、はずなのに、そこに〝幸福感〟をブレンドするから、たとえば幾つかの掌篇に描きこまれるカタストロフ――六人団地が日本から独立したり、革命軍がＮＨＫを占拠したり、等――のショーケースも、どれもなんだかとても平穏だ、となる。それも、「あら、平穏じゃない？」と近所のおばさんが言いそうな、そういう平穏だ。この町のおばさんたちは、絶対にそういう口調で言うのだ。そして、〝おばさん〟や〝おじさん〟はどんどん増殖するのだけれども、そこに〝おばあちゃん〟や〝おじいさん〟が交えられて、後者には「ちゃん」と「さん」の敬称の違いがある、なんて時に、物語はとても大事な方向に動きだす。収録されたちいさなちいさな作品たちの個々が、それぞれの掛け替えのなさ（それこそが「個性」に他ならない）を主張しだす。

ここに、ひみつは一つある、と感じる。

感動の瞬間はいっぱいちりばめられている。たとえば、「事務室」のおにいさんが、アゲパンおいしいですと言った時とか。それから「バナナ」で、赤靴おじさんの先代がまわしていた工場が、ふわふわの毛のうさぎのぬいぐるみ・ウササを発売し、ぬめっとした感触のカエルのぬいぐるみ・カルルを製造し、匂いの真正度がものすごい犬のぬいぐるみ・ワワンを開発した後に、バナナのぬいぐるみの、その名もバナナが出る時とか。あ、いま読んでいる自分の頭がダンスした、と感じて（なにしろウササ、カルル、ワワン、バナナだ）、しかもその掌篇がまさに踊り《ダンス》のエピソードで終わったりするから、楽しいなとも思うし、むしろ幸せだなと思う。ほら、幸福感だ。そして、ダンスをさせているんだか、させていないんだか、ちょっと不明すぎる楽曲名もいっぱい織り込まれて、それらは「フランシーヌの場合」や「白い蝶のサンバ」や「ざんげの値打ちもない」や、あと西郷輝彦の歌う「星のフラメンコ」だったりするのだが、こうしたものは『このあたりの人たち』という本の世界をいっきにレトロ化、というよりも昭和化して、その昭和の〃気分〃が、時間は前後していいんだし、伸縮していいんだなあ、と納得させる。またもや説得的なのだ。

そして、ここからはとてもおおきな（この本のなかの）ひみつに迫りたいと思って、少しずつ言葉をつみ重ねるのだけれども、まず、この本には語り手がいて、それは「わたし」という存在だ。ナレーターの「わたし」こそが、この本の〃鳥の目〃

なのだよ、とも言い直せる。一人のナレーターがいるからこそ、短い作品の集積にも、ほとんど原則――あるいは原理――のように長さの気配がまとわりついている。

どういうことか。

たとえば、一人の人間がいて、この人物が八十年を生きたとする。通常、人は、おおよそ五歳頃には記憶を確かに持ちはじめているから、七十五年ぶんは世間の出来事を認識するのだ、となる。つまり「このあたり」のことを、そうした歳月ぶんは記憶する。町の歴史の〝証人〟となるわけだ。でも、この人物は自分よりも前に生まれたご近所さんと接触している。もちろん父母・祖父母でもいい。そうすると、自分よりも年長のこれらの人物たちの七十五年ぶんも、じつは生きながらさかのぼっている。過去の方向に延長しつつ「接触している」というか。では、逆方向には？　と問えば、もちろん自分よりも後に生まれた人物たちと交わることで、やはり七十五年ぶん延ばして、要するに未来に「接触している」事態にあって、しかも、交わった人たちが年少のだれかと交わることで、さらに延び……。

こうして、ただ一人のナレーター、に固着することで、『このあたりの人たち』という掌篇集は原則的／原理的に〝長さ〟を身につけるのだ。時間がほんとうに、ほんとうに長い掌篇集！

このことを讃えてこの解説を閉じてもよいのだけれども、しかし、そう——〝ひみつ〟のためにこの賞讃はいったん転覆させる。そういうことを、最後に、ちょっと試す。

ずっと同じ「わたし」がこの本のナレーターを務めている、と考えるのは当然だ。ところで、巻頭作「ひみつ」のナレーターは、欅の木の下でこどもと会って、同居する。こどもは、ちいさな男性器を持っていて、つまり男の子である。このこどもは成長しない。こどもは、人間ではない（と「ひみつ」の語り手は納得する）。

その二篇あとに「おばあちゃん」という作品が収められている。おばあちゃんは、語り手が小学校低学年だった時に、まだ四十代のなかばぐらいだった。語り手の「わたし」が、おばあちゃんの家にあがると、何回か、自分よりも年少の男の子が——その家には——いる、と目にする。しかし、この男児に関しては、その後いっさい語られない。

おばあちゃんは「おばあちゃん」のエンディングで普通のおばあちゃんとなるが（つまり奇妙な性格ではない）、その時点ではまだ四十代だろう、と推測される。

このおばあちゃんは、その後、また偏屈になるのではないか。そしてマンションを購入するのではないか。犬一匹と猫三匹を飼うのではないか。

つまり、「ひみつ」の語り手が、「おばあちゃん」のおばあちゃんで、この二篇のあいだで、ナレーターの交代劇が行なわれている（たぶん「にわとり地獄」から二人め）のではないか、と勝手なことを、この解説者は言っている。もしも、おばあちゃんが、広い家――相続したに違いない――のことを「部屋」とあっさり卑小化して呼びならわしていたら、だが。その一点を許容するだけで、このトリックは成立する。

成立すると、どうなるのか？

「わたし」は、ただ一人であるとの前提を崩すから、「わたし」は、あなたにもなる、ということだ。あなたとは読者だ。すると、この本のなかに描かれるあのあたりが、途端にあなたの「このあたり」になって、あなたは永住可能な許可証をもらえる。

それって、ほんとうにうれしすぎるギフト――〝授かり物〟だ。そして、こう書きながらも、はや解説者の私は「著者の川上弘美さんに叱られるな、絶対に。こんな変な推理は」と反省している。

（作家）

「ひみつ」は『hi mi tsu ki chi』（小学館刊）、「にわとり地獄」「事務室」「のうみそ」「演歌歌手」「校長先生」「スナック愛」「不良」「長屋」「八郎番」「呪文」「影じじい」「六人団地」「ライバル」「妖精」「埋め部」は「monkey business」vol.1〜15（ヴィレッジブックス刊）、「おばあちゃん」は「hon-nin」vol.3（太田出版刊）、「バナナ」「蝿の王」「野球ゲーム」「拷問」「バス釣り」「グルッポー」「運動会」「果実」は「MONKEY」vol.1〜8（スイッチ・パブリッシング刊）に、それぞれ掲載された。「白い鳩」は本書のための書き下ろしである。

本文イラスト　近藤聡乃
単行本　二〇一六年六月　スイッチ・パブリッシング刊
DTP　エヴリ・シンク

文春文庫

定価はカバーに
表示してあります

このあたりの人《ひと》たち

2019年11月10日　第1刷

著　者　川《かわ》上《かみ》弘《ひろ》美《み》
発行者　花田朋子
発行所　株式会社 文藝春秋

東京都千代田区紀尾井町 3-23　〒 102-8008
TEL 03・3265・1211㈹
文藝春秋ホームページ　http://www.bunshun.co.jp

落丁、乱丁本は、お手数ですが小社製作部宛お送り下さい。送料小社負担でお取替致します。

印刷・萩原印刷　製本・加藤製本　Printed in Japan
ISBN978-4-16-791380-9

（　）内は解説者。品切の節はご容赦下さい。

小川洋子
猫を抱いて象と泳ぐ
伝説のチェスプレーヤー、リトル・アリョーヒン。彼はいつしか「盤下の詩人」として奇跡のように美しい棋譜を生み出す。静謐にして愛おしい、宝物のような傑作長篇小説。（山﨑　努）
お-17-3

乙川優三郎
太陽は気を失う
福島の実家を訪れた私はあの日、わずかの差で津波に呑まれていたかも——。震災に遭遇した女性を描く表題作など、ままならぬ人生を直視する人々を切り取った短篇集。（江南亜美子）
お-27-5

荻原　浩
ちょいな人々
「カジュアル・フライデー」に翻弄される課長の悲喜劇を描く表題作ほか、少しおっちょこちょいでも愛すべき、ブームに翻弄される人々がオンパレードの抱腹絶倒の短篇集。（辛酸なめ子）
お-56-1

荻原　浩
ひまわり事件
幼稚園児と老人がタッグを組んで、闘う相手は？　隣接する老人ホーム「ひまわり苑」と「ひまわり幼稚園」の交流を大人の事情が邪魔するが。勇気あふれる熱血幼老物語！（西上心太）
お-56-2

大島真寿美
あなたの本当の人生は
書けない老作家、代りに書く秘書、その作家に弟子入りした新人。「書くこと」に囚われた三人の女性の奇妙な生活は思わぬ方向に。不思議な熱と光に満ちた前代未聞の傑作。（角田光代）
お-73-1

開高　健
ロマネ・コンティ・一九三五年
六つの短篇小説
酒、食、阿片、釣魚などをテーマに、その豊饒から悲惨までを描きつくした名短篇集は、作家の没後20年を超えて、なお輝きを失わない。川端康成文学賞受賞の「玉、砕ける」他全6篇。（高橋英夫）
か-1-12

川上弘美
真鶴
12年前に夫の礼は、「真鶴」という言葉を日記に残し失踪した。京は母親、一人娘と暮らしを営む。不在の夫に思いを馳せつつ恋人と逢瀬を重ねる京は、東京と真鶴の間を往還する。（三浦雅士）
か-21-6

（　）内は解説者。品切の節はご容赦下さい。

川上弘美
水声
亡くなったママが夢に現れるようになったのは、都が弟の陵と暮らしはじめてからだった――。愛と人生の最も謎めいた部分に迫る静謐な長編。読売文学賞受賞作。（江國香織）
か-21-8

川端裕人
夏のロケット
元火星マニアの新聞記者がミサイル爆発事件を追ううち遭遇する高校天文部の仲間。秘密の町工場で彼らは何をしているのか。ライトミステリーで描かれた大人の冒険小説。（小谷真理）
か-28-1

角田光代
空中庭園
京橋家のモットーは「何ごともつつみかくさず」……普通の家族の表と裏、光と影を描いた連作家族小説。第三回婦人公論文芸賞受賞、小泉今日子主演で映画化された話題作。（石田衣良）
か-32-3

角田光代
空の拳　（上下）
雑誌「ザ・拳」に配属された空也。通いだしたジムで、天涯孤独で少年院帰りというタイガー立花と出会い、ボクシングの魅力にとらわれていく。爽快な青春スポーツ小説。（対談・沢木耕太郎）
か-32-12

勝谷誠彦
ディアスポラ
〃事故〃で国土が居住不能となり、世界中の難民キャンプで暮らす日本人。情報から隔絶され将来への希望も見いだせぬまま懸命に「日本人として」生きようとするが……。（百田尚樹）
か-47-2

海堂　尊
ゲバラ覚醒　ポーラースター1
アルゼンチンの医学生エルネストは親友ピョートルと南米縦断のバイク旅行へ。様々な経験をしながら成長していく将来の革命家の原点を描いた著者渾身のシリーズ、青春編が開幕！
か-50-2

川上未映子
乳《ちち》と卵《らん》
娘の緑子を連れて大阪から上京した姉の巻子は、豊胸手術を受けることに取り憑かれている。二人を東京に迎えた「私」の狂おしい三日間を、比類のない痛快な日本語で描いた芥川賞受賞作。
か-51-1

（　）内は解説者。品切の節はご容赦下さい。

ストロボ
真保裕一

カメラマンの喜多川は、自ら撮影した写真を手に、来し方を振り返る。そこには男の人生が写し出されていた――。あの日の謎を解き明かし、人生の哀歓を描く著者初期の傑作。（西上心太）

し-35-8

真綿荘の住人たち
島本理生

真綿荘に集う人々の恋はどれもままならない。性別も年も想いもばらばらだけど、一つ屋根の下。寄り添えなくても一緒にいたい――そんな奇妙で切なくて暖かい下宿物語。（瀧波ユカリ）

し-54-1

夏の裁断
島本理生

女性作家の前にあらわれた悪魔のような男。男に翻弄され、やがて破綻を迎えた彼女は、静養のために訪れた鎌倉で本を裁断していく。芥川賞候補となった話題作とその後の物語を収録。

し-54-2

検察側の罪人（上下）
雫井脩介

老夫婦刺殺事件の容疑者の中に、時効事件の重要参考人が。今度こそ罪を償わせると執念を燃やすベテラン検事・最上だが、後輩の沖野はその強引な捜査方針に疑問を抱く。（青木千恵）

し-60-1

春の庭
柴崎友香

第151回芥川賞受賞作「春の庭」に、書下ろし短篇1篇（「出かける準備」）、単行本未収録短篇2篇（「糸」「見えない」）を加えた小説集。柴崎友香ワールドをこの一冊に凝縮。（堀江敏幸）

し-62-1

樹海
鈴木光司

苦しむことなくこの世とおさらばしたい――。死を渇望して樹海に溶け込む人間と、彼らとともに救いようのない運命に巻き込まれていく人々を描いた6つの連作短篇集。（朝宮運河）

す-22-1

フルーツパーラーにはない果物
瀬那和章

フルーツパーラーにはない果物はなんでしょう？　その質問をきっかけに、女性たちはそれぞれ自分の恋愛を振り返る。四者四様の恋模様を甘酸っぱく描く連作短編集。（倉本さおり）

せ-11-1

（　）内は解説者。品切の節はご容赦下さい。

高樹のぶ子
透光の樹
汲めども尽きぬ恋心と、逢瀬を重ねるたびに増してゆく肉の悲しみ。25年ぶりに再会した男女の一途に燃える愛。すべての現実感が消えるほどの〈結晶のような〉物語。谷崎潤一郎賞受賞作。
た-8-13

太宰　治
斜陽《しゃよう》　人間失格《にんげんしっかく》　桜桃《おうとう》　走《はし》れメロス　外七篇
没落貴族の哀歓を描く「斜陽」、太宰文学の総決算「人間失格」、美しい友情の物語「走れメロス」など、日本が生んだ天才作家の代表作が一冊になった。詳しい傍注と年譜付き。（臼井吉見）
た-47-1

田口ランディ
ゾーンにて
福島第一原発から半径二十キロ圏内〈ゾーン〉に、作家・羽鳥ようこは足を踏み入れた。あの世とこの世がつながる場所で生きる者たちの、命の輝きを描く傑作中篇集。（結城正美）
た-61-4

竹宮ゆゆこ
あしたはひとりにしてくれ
優秀で家族思いの高校生・瑛人。ある秘密と共に埋めたくまのぬいぐるみのかわりに掘り起こしたのは半死状態の若い女だった!?　孤独をこじらせた少年の葛藤を描く感涙の青春物語。
た-99-1

竹宮ゆゆこ
応えろ生きてる星
結婚直前、婚約者は別の男と駆け落ちした。残された男は謎の女と一緒に、彼女を探すためのある方法を思いつく。そしてその先に見つけたのは。過去の傷からの再生を描く感動の物語。
た-99-2

千早　茜
男ともだち
冷めた恋人、身勝手な愛人、誰よりも理解しながら決して愛しあわない男ともだち――29歳の女性のリアルな心情と彼女をとりまく男たちとの関係を描いた直木賞候補作。（村山由佳）
ち-8-1

千早　茜
西洋菓子店プティ・フール
下町の西洋菓子店の頑固職人のじいちゃんと、その孫であり弟子であるパティシエールの亜樹と、店の客たちが繰り広げる、甘やかなだけでなくときにほろ苦い人間ドラマ。（平松洋子）
ち-8-2